U0907590

郑板桥诗词文选

（清）郑燮 著
于春海　李青华　刘烨曈 注

中华工商联合出版社

图书在版编目（CIP）数据

郑板桥诗词文选 /（清）郑燮著；于春海，李青华注释．-- 2 版．-- 北京：中华工商联合出版社，2018.6（2021.7 重印）

ISBN 978-7-5158-2297-6

Ⅰ．①郑… Ⅱ．①郑… ②于… ③李… Ⅲ．①古典诗歌—诗集—中国—清代 Ⅳ．① I222.749

中国版本图书馆 CIP 数据核字（2018）第 089932 号

郑板桥诗词文选

作　　者：（清）郑　燮
注　　释：于春海　李青华　刘烨曈
责任编辑：林　立　崔红亮
装帧设计：北京东方视点数据技术有限公司
责任审读：李　征
责任印制：迈致红
出版发行：中华工商联合出版社有限责任公司
印　　刷：唐山富达印务有限公司
版　　次：2018 年 9 月第 2 版
印　　次：2021 年 7 月第 3 次印刷
开　　本：710mm × 1020mm　1/16
字　　数：150 千字
印　　张：14
书　　号：ISBN 978-7-5158-2297-6
定　　价：78.00 元

服务热线： 010-58301130
销售热线： 010-58302813
地址邮编： 北京市西城区西环广场 A 座
19-20 层，100044
http: //www.chgslcbs.cn
E-mail: cicap1202@sina.com（营销中心）
E-mail: gslzbs@sina.com（总编室）

前　言

郑板桥（1693—1765），名燮，字克柔，号板桥，江苏兴化人。清代著名画家、书法家、诗作家，是康熙秀才，雍正举人，乾隆进士。他与同时代的罗聘、黄慎、李方膺、高翔、金农、李鲜、汪士慎七位画家并称“扬州八怪”。

1693年11月22日子时郑板桥出生于江苏兴化，此时他家道已经中落，生活拮据。三岁时生母去世，十四岁时继母又去世。板桥天资聪颖，三岁识字，八九岁已能作文联对，十六岁跟从陆种园先生学填词，大约在二十岁时考取秀才，二十六岁至江村设塾教书，三十岁时父亲去世，后来客居扬州，以卖画为生，以其诗、书、画“三绝”闻名于世。

雍正十年，郑板桥在朋友的帮助下，去应乡试，结果中了举人。在乾隆元年中进士，五年之后被任命为山东范县县令。又过了五年，郑板桥调任山东潍县县令。为官十二年，离任时两袖清风，潇洒而去。在辞官回乡时，百姓们夹道送行，临行时，板桥的全部家当也只有空空的口袋和几箱书而已。如此清廉，让人感动不已。在临行前，郑板桥向潍县的百姓赠画留念，上云："乌纱掷去不为官，华发萧萧两袖寒。写去数枝清挺竹，秋风江上作渔竿。"用这首诗暗喻自己的清廉，板桥的高洁品质由此可见一斑。在封建社会的官场中，做到清正廉洁，两袖清风是难能可贵的，因此，板桥在官场中就显得格格不入，被那些贪官污吏视为怪人。但是，正是因为他是"怪人"，所以能为百姓做许许多多的好事，成为百姓心目中的好官、清官。

为了接近百姓，板桥着布衣草鞋，微服访贫问苦，并且经常寻访孤儿，然后倾力相助，表现出了对草根民众的深切同情。遇到灾荒时，郑板桥都据实呈报，力请救济百姓，因此人们都很爱戴他这个体恤百姓、爱民如子的清官。乾隆十七年，潍县发生了大灾害，郑板桥因为申请救济而触怒了上司，结果被罢了官。另外，郑板桥还对封建社会的丑恶面貌表现出强烈的不满，他在《悍吏》一诗中对贪官的丑恶行径进行了无情地揭露。如"县官编丁著图甲，悍吏入村捉鹅鸭。县官养老赐帛肉，悍吏沿村括稻谷。豺狼到处无虚过，不断人喉抉人目。长官好善民已愁，况以不善司民牧。"由此可见官吏的贪婪无耻，社会的黑暗腐败，百姓的痛苦悲惨到了何等地步。

郑板桥的一生是坎坷不平的，他胸怀济世韬略，但因其恃才傲物，故长期受压制，空怀鸿鹄之志，却无施展机会。同时他并没有被世俗所污染，反而清廉高洁，正是这种性格，深深地影响了他的创作，他在书法、绘画、文学方面都有着不俗的成就，独具一格、影响深远。

郑板桥是一位出色的书法家，他注重趣味，所以他的书作有“真气、真趣、真意”。郑板桥的书法，世人称之为“六分半书”，书中真隶行书相参，书体有架势，有笔力，金石味浓，扑茂劲拔、奇秀雅逸、方方圆圆、正正斜斜、疏疏密密，排列穿插得十分灵巧和别致。他的字用笔方法多样，线条类似他所画的竹子；在结体上进行夸张，使长窄的字更加长窄，宽的更宽，斜的更斜；章法布局上，大小错落，上下左右互相响应，疏密相应，所谓“乱石铺街”，富有节奏韵律感。这种创格和变体，一改当时书法界“滑熟”、“媚俗”的风气，对当时书法艺术的发展起到了极大的推动作用。郑板桥的书法出现在推崇帖学的清代书坛，给人耳目一新的感觉，并有众多对联、条幅、条屏等墨迹传世。

同时，郑板桥是一位非常出色的画家。郑板桥的画卷内容以画兰、画竹、画石为多。兰为君子，画兰又喜加荆棘。“满幅皆君子，其后以荆棘终之，何也？盖君子能容小人。无小人亦不能成君子。故棘中之兰，其花更硕茂矣。”以明君子能容小人之意，这是何等的胸怀！郑板桥的人生感情借题兰花宣泄得可谓淋漓尽致。其题画竹更表现出借竹明志的特点：“衙斋卧听萧萧竹，疑是民间疾苦声；些小吾曹州县吏，一枝一叶总关情。”关心民生，对百姓关切之情跃然纸上。而《乌纱掷去不为官》一首，更是其与浑浊的现实决绝的真实写照。此外，郑板桥还总结了画竹意与趣的关系，他说：“意在笔先者，定则也；趣在法外者，化机也。”这在今天仍有现实意义。板桥的画作，除了兰、竹，还有石。郑板桥画竹、画兰独特，画石亦如是，自然界中冷冰冰的石头在他笔下也变得生气勃发了。《柱石图》中的石头，有着直冲云霄的气概，画上题了一首七言诗：“谁与荒斋伴寂寥，一枝柱石上云霄，挺然直是陶元亮，五斗何能折我腰。”将石头与人品结合到一起，蕴含了他自身刚直不阿、清正廉洁的品质。细品郑板桥笔下的兰、竹、石，从中不难看出板桥的个性、人品。兰、竹、石代表了浩然正气、坚贞不屈的品格，表现出郑板桥画作托物言志、意境深远的特色。

郑板桥还是一位非常出色的作家，创作了数量可观的诗、词、书信、杂著。

在郑板桥的诗歌中，他去除了陈旧的套语，多用白话代替古语，在内容上他反映世间的疾苦，歌颂人民的勤劳，描写自然的风光秀美，赞赏名流英雄的风采，把天地万物融于自己的作品中，至情至性，匠心独运，流露着大家的风范。他在《赠国子学正侯嘉璠弟》诗中说：“我诗无部曲，弥漫列卒伍。”这可以看出郑板桥的诗是不假雕饰，不受格律、形式等束缚，而追求浅近直白，平淡至淳的境界。

郑板桥的词早年效法秦观、柳永，中年喜摹辛弃疾、苏轼，晚年又学刘过、蒋捷，主张词要“疏松爽豁”而力避“拗涩晦拙”。每填新词，定要修改再三，见其认真严谨，加以他的每首词都能具有“屈曲达心，沉着痛快之妙”，并涉猎诸多词牌，言近旨远，多出于生活，可看出板桥亦是词作大家。郑词自选刊刻时按词牌名归类，今本仍依照其例不变。

如果说郑板桥的题画卷所载内容是对其绘画作品的极好诠释，并与其绘画作品珠联璧合、相互辉映、相得益彰，是板桥诗词文中的精品，那么，其书信卷所载内容，则是极好的补充，他将带领我们漫步到郑板桥的心灵世界之中。郑板桥是性情中人，有着传统文人的傲骨，他的诗文“最不喜求人作叙。求之王公大人，既以借光为可耻；求之湖海名流，必至含讥带讪，遭其荼毒而无可如何”（《十六通家书小引》。）郑板桥主张读书要有选择，他推崇《左传》、《史记》、《庄子》、《离骚》，以及杜诗、韩文等篇章，主张读书作文要能开心明理，“内有养而外有济”、“得志则加之于民，不得志则独善其身”。郑板桥52岁得子，但他教子不在使其中举、做官方面，而“第一要明理，做个好人”，并以“敬师为要”。郑板桥顾念亲情、友情，他在《范县署中寄舍弟墨》一信中，表现出对乡邻、亲友的眷恋之情，主张不能因为做了官而“骄倨朋友”，而要“敦宗族、睦亲姻、念故交”，大有“苟富贵毋相忘”之侠肝义胆，看出他的内心世界既有“横眉冷对、金刚怒目”的一面，又有“暖老温贫、安老怀少”的一面，两者相反又相成，在人们面前矗立起一个真实而又完整的郑板桥来。

郑板桥的杂著卷主要收录了《自叙传》、《板桥后序》等文章，是我们研究板桥生平极难得的材料，从中我们可以看出他“最穷最苦，貌又寝陋，故长不合于时”，“怨发愤自雄，四十外乃薄有名”的经历。其文风格亦不失幽默、淡雅、洒脱、自嘲，又如“板桥平生，无不知己，无一知己”，“唯爱其诗文字画耳”，“故今日好，为兄弟，明日便成陌路。”其落笔精明洞彻，个中滋味，又能与谁诉说？对联部分收录“删繁就简三秋树，领异标新二月花”、“难得糊涂”、“吃亏是福”等名联。其字字珠玑，反复玩味，可知郑板桥之睿智与雅趣。

通过板桥的书法、画作、诗词文，我们能够领略到一代大家的风采，所以这次我们重新选取了板桥的诗词卷、题画卷、书信卷、杂著卷并加以注释，就是为了让读者能走进板桥的内心世界，感悟板桥永恒的艺术魅力。

于春海　李青华　刘烨瞳

前刻诗序

余诗格卑卑[①]，七律尤多放翁习气。二三知己屡诟病之[②]，好事者又促余付梓[③]。自度后来亦未必能进，姑从谀而背直[④]，惭愧汗下，如何可言！板桥自题。

---

① 卑卑：平庸；微不足道。

② 诟病：指责。

③ 付梓：古时雕版刻书以梓木为上，后也称书籍刊印为“付梓”。

④ 谀：谄媚，奉承。直：正直。

后刻诗序

古人以文章经世，吾辈所为，风月花酒而已。逐光景，慕颜色，嗟困穷①，伤老大，虽刳形去皮②，搜精抉髓，不过一骚坛词客尔，何与于社稷生民之计，三百篇之旨哉③！屡欲烧去，平生吟弄，不忍弃之。况一行作吏，此事又束之高阁。姑更定前稿，复刻数十首于后，此后更不作矣。

板桥又题。板桥诗刻止于此矣，死后如有托名翻板，将平日无聊应酬之作，改窜烂入，吾必为厉鬼以击其脑！

---

① 嗟：叹息。

② 刳（kū）：剖开，挖空。

③ 三百篇：指《诗经》。

目　录

诗词卷

钜鹿之战[①]

怀王入关自聋瞽[②]，楚人太拙秦人虎，杀人八万取汉中，江边鬼哭酸风雨。项羽提戈来救赵，暴雷惊电连天扫，臣报君仇子报父，杀尽秦兵如杀草。战酣气盛声喧呼，诸侯壁上惊魂逋[③]，项王何必为天子，只此快战千古无。千奸万黠藏凶戾，曹操朱温尽称帝[④]，何似英雄骏马与美人，乌江过者皆流涕！

偶然作

英雄何必读书史，直摅血性为文章[⑤]，不仙不佛不贤圣，笔墨之外有主张，纵横议论析时事，如医疗疾进药方。名士之文深莽苍[⑥]，胸罗万卷杂霸王，用之未必得实效，崇论闳议多慨慷[⑦]。雕镌鱼鸟逐光景，风情亦足喜且狂。小儒之文何所长，抄经摘史饾饤强[⑧]，玩其词华颇赫烁[⑨]，寻其义味无毫芒。弟颂其师客谈说，居然

---

① 钜鹿之战：是秦末农民大起义中一场重大决定性战役，也是中国历史上著名的以少胜多的战役之一。项羽军队破釜沉舟，大败二十万秦军，使秦军受到严重损失，并迫使另二十万秦军不久投降。经此一战，秦朝名存实亡。

② 聋瞽（gǔ）：耳聋眼瞎。

③ 逋：原指奴隶逃亡。本文指逃亡、逃跑。

④ 曹操朱温：曹操，三国时期人；朱温，五代时期的第一个皇帝梁太祖，两人都曾挟天子以令诸侯。

⑤ 摅（shū）：抒发。

⑥ 莽苍：形容文章词气充沛。

⑦ 崇论闳（hóng）议：指议论宏远。

⑧ 饾饤（dòu dìng）：比喻文辞的罗列堆砌。

⑨ 赫烁（hè shuò）：明亮闪耀貌。

拔帜登词场。初惊既鄙久萧索，身存气盛名先亡。辇碑刻石临大道，过者不读倚坏墙。呜呼文章自古通造化，息心下意毋躁忙。

自 遣

啬彼丰兹信不移，我于困顿已无辞；束狂入世犹嫌放，学拙论文尚厌奇。看月不妨人去尽，对花只恨酒来迟；笑他缣素求书辈[①]，又要先生烂醉时。

晓行真州道中

僮仆飘零不可寻，客途长伴一张琴。五更上马披风露，晓月随人出树林。麦秀带烟春郭迥[②]，山光隔岸大江深。劳劳天地成何事[③]，扑碎鞭梢为苦吟。

诗四言

夜杀其人，明坐其家；处分息事，咤众毋哗。主人不知，托为腹心；无奸不直，无浅不深。

仁义之言，出于圣口；奸邪窃似，济欲忘丑。播谈忠孝，声姜泪痛；咍狂贤明[④]，况汝愚众。

当春不华，蓄意待秋；秋又不实，行将谁尤[⑤]？茸蔓藏蛇，

① 缣素：细绢。求书辈：指索要郑板桥书画的人。

② 迥：差别很大，迥异。

③ 劳劳：忧伤惆怅的样子。

④ 咍（hāi）：讥笑。

⑤ 尤：过错。

梧桐哕凤[①]；象分性别，各以类贡。况汝棘刺，鸱鸮避之[②]；乃思鸾凤，槁死不知。

求利于地，丝枲稼穑[③]；求利于天，锄欲植德；求利于物，网罟钓弋[④]；求利于人，面曲背直。有禽其心，有兽其力；诋贤玩愚，寝危卧仄；天亦汝怜，大道不塞。

海陵刘烈妇歌

烈妇夫武举，从左良玉阵亡，无后。妇誓奉公姑[⑤]，待其终年，即自缢死[⑥]。州人哀之，称为刘烈妇云。

湿云压窗灯欲死，少妇停梭拂衣起，夜惨心孤倦攲卧[⑦]，沙场梦入深闺里。破甲残旗裹血痕，手提败鼓号冤魂；自云转战身陷没，断骸漂骨黄河奔。仓皇踯躅妇惊觉[⑧]，群犬乱吠秋篱根。深夜欲啼啼不得，泪珠迸落罗衾湿。抹去胭脂罢晓妆，翠翘云鬓无颜色。凶问传来败散军，果然与梦无差分。温言绪语慰翁媪[⑨]，幽闺裂破绣罗裙；椎心一哭数斗血，纸钱飘去回秋云。柴门寂寞[illegible]De

---

① 哕（huì）：鸣叫。

② 鸱鸮（chī xiāo）：鸟类的一种，头大，嘴短而弯曲。猫头鹰等都属于鸱鸮科。

③ 枲（xǐ）：麻。稼穑：种植和收割，泛指农业劳动。

④ 网罟（gǔ）：渔网。

⑤ 公姑：丈夫的父母，也称公婆。

⑥ 缢死：用绳子勒死，吊死。

⑦ 攲（qī）：歪，倾斜。

⑧ 踯躅（zhí zhú）：徘徊不进貌。

⑨ 翁媪（wēng ǎo）：指公婆。

斗[①]，病妇把家门户瘦；夜夜寒机达曙光，朝朝破井提甃甃[②]。十亩荒田岁不收，一园花柳空如绣。翁殁媪殁妇即殁，宗祀无人妾何立？拼将皓颈委红罗，要使芳魂觅沙碛。丈夫死国妻死夫，忠义不得转呼吸；一念徘徊事则败，包羞臭壤何嗟及。至今坟树晚悲号，荒河白草秋原高；寒鸦孤栖夜不定，哀鸣向月求其曹。

扬　州

画舫乘春破晓烟[③]，满城丝管拂榆钱。千家养女先教曲，十里栽花算种田。雨过隋堤原不湿，风吹红袖欲登仙。词人久已伤头白，酒暖香温倍悄然。

廿四桥边草径荒，新开小港透雷塘。画楼隐隐烟霞远，铁板铮铮树木凉。文字岂能传太守，风流原不碍隋皇[④]。量今酌古情何限，愿借东风作小狂。

西风又到洗妆楼，衰草连天落日愁。瓦砾数堆樵唱晚，凉云几片燕惊秋。繁华一刻人偏恋，呜咽千年水不流。借问累累荒冢畔[⑤]，几人耕出玉搔头[⑥]？

江上澄鲜秋水新，邗沟几日雪迷津[⑦]。千年战伐百余次，一岁变更何限人。尽把黄金通显要，惟余白眼到清贫。可怜道上饥寒

① 鼪鼯（shēng wú）：鼪鼠与鼯鼠。

② 甃甃（yuān zhòu）：用对称的砖瓦砌成的井壁　也指井。

③ 画舫：装饰华丽的游船。

④ 隋皇：指隋炀帝杨广。

⑤ 冢：坟。

⑥ 玉搔头：即玉簪。

⑦ 邗（hán）沟：隋炀帝开凿的运河的一段，联系长江和淮河的古运河。

子，昨日华堂卧锦茵[①]。

寄许生雪江三首

诗去将吾意，书来见尔情。三年俄梦寐，数语若平生。雨细窗明火，鸦栖柳暗城。小楼良夜静，还忆读书声。

金紫人间事[②]，缥缃我辈需[③]。闲吟聊免俗，极贱到为儒。妙墨疑悬漏，雄才欲唾珠。时时盼霄汉，待尔入云衢[④]。

不舍江干趣，年来卧水村。云揉山欲活，潮横雨如奔。稻蟹乘秋熟，豚蹄佐酒浑。野人欢笑罢，买棹会相存。

闲　居

懒慢从来应接疏，闭门扫地足闲居。荆妻拭砚磨新墨[⑤]，弱女持笺索楷书[⑥]。柿叶微霜千点赤，纱厨斜日半窗虚。江南大好秋蔬菜，紫笋红姜煮鲫鱼。

村塾示诸徒

飘蓬几载困青毡，忽忽村居又一年。得句喜拈花叶写，看书倦当枕头眠。萧骚易惹穷途恨[⑦]，放荡深惭学俸钱。欲买扁舟从钓

① 锦茵：锦制的垫褥。

② 金紫：金印紫绶。

③ 缥缃：指图书。

④ 衢（qú）：大道。

⑤ 荆妻：旧时对人谦称自己的妻子。

⑥ 笺：写信或题词用的纸。索：索要。

⑦ 萧骚：形容风吹树叶的声音。

叟[①]，一竿春雨一蓑烟。

七歌

郑生三十无一营，学书学剑皆不成；市楼饮酒拉年少，终日击鼓吹竽笙。今年父殁遗书卖，剩卷残编看不快。爨下荒凉告绝薪[②]，门前剥啄来催债[③]。呜呼一歌兮歌逼侧，惶遽读书读不得[④]！

我生三岁我母无，叮咛难割襁中孤。登床索乳抱母卧，不知母殁还相呼！儿昔夜啼啼不已，阿母扶病随啼起；婉转噢抚儿熟眠，灯昏母咳寒窗里。呜呼二歌兮夜欲半，鸦栖不稳庭槐断！

无端涕泗横阑干，思我后母心悲酸。十载持家足辛苦，使我不复忧饥寒。时缺一升半升米，儿怒饭少相触抵；伏地啼呼面垢污，母取衣衫为湔洗[⑤]。呜呼三歌兮歌彷徨，北风猎猎吹我裳！

有叔有叔偏爱侄，护短论长潜覆匿；倦书逃药无事无，藏怀负背趋而逸。布衾单薄如空橐[⑥]，败絮零星兼卧恶；纵横溲溺漫不省，就湿移干叔夜醒。呜呼四歌兮风萧萧，一天寒雨闻鸡号。

几年落拓向江海，谋事十事九事殆。长啸一声沽酒楼，背人独自问真宰。枯蓬吹断久无根，乡心未尽思田园；千里还家到反怯，入门忸怩妻无言。呜呼五歌兮头发竖，丈夫意气闺房沮。

---

① 叟：年老的男人。

② 爨（cuàn）：灶。

③ 剥啄：象声词，敲门或下棋声。

④ 惶遽：恐惧慌忙。

⑤ 湔（jiān）：洗。

⑥ 衾：被子。空橐（tuó）：空口袋。

我生二女复一儿，寒无絮络饥无糜；啼号触怒事鞭朴，心怜手软翻成悲。萧萧夜雨盈阶戺[①]，空床破帐寒秋水；清晨那得饼饵持，诱以贪眠罢早起。呜呼眼前儿女兮休呼爷，六歌未阕思离家。

种园先生是吾师[②]，竹楼桐峰文字奇[③]，十载乡园共游憩，壮心磊落无不为。二子辞家弄笔墨，片语干人气先塞；先生贫病老无儿，闭门僵卧桐阴北。呜呼七歌兮浩纵横，青天万古终无情！

哭犉儿五首[④]

天荒食粥竟为长，惭对吾儿泪数行。今日一匙浇汝饭，可能呼起更重尝！

歪角鬏儿好戴花[⑤]，也随诸姊要盘鸦[⑥]。于今宝镜无颜色，一任朝光满碧纱。

坟草青青白水寒，孤魂小胆怯风湍。荒涂野鬼诛求惯，为诉家贫楮镪难[⑦]。

可有森严十地开，儿魂一去几时回？啼号莫倚娇怜态，逻刹非而父母来[⑧]。

---

① 戺（shī）：台阶旁所砌的斜石。

② 种园：指陆震，字种园。郑板桥曾跟随其学词。

③ 竹楼：指王国栋。桐峰：指顾于观，字万峰，一字澥陆。著有《澥陆诗钞》。

④ 犉（rún）儿：郑板桥之子。

⑤ 鬏（jiū）：头发盘成的结。

⑥ 盘鸦：盘头。

⑦ 楮镪（chǔ qiǎng）：纸钱。

⑧ 逻刹：恶鬼的通称。

蜡烛烧残尚有灰，纸钱飘去作尘埃。浮图似有三生说，未了前因好再来[①]。

淮阴边寿民苇间书屋[②]

边生结屋类蜗壳，忽开一窗洞寥廓；数枝芦荻撑烟霜，一水明霞静楼阁。夜寒星斗垂微茫，西风入㡘遥烛光[③]。隔岸微闻寒犬吠，几拈吟髭更漏长[④]。

项 羽

已破章邯势莫当[⑤]，八千子弟赴咸阳。新安何苦坑秦卒[⑥]，坝上焉能杀汉王[⑦]！玉帐深宵悲骏马，楚歌四面促红妆。乌江水冷秋风急，寂寞野花开战场。

邺 城

划破寒云漳水流，残星画角动谯楼[⑧]。孤城旭日牛羊出，万里新霜草木秋。铜雀荒凉遗瓦在，西陵风雨石人愁。分香一夕雄心

① 浮图：又作浮头、浮屠，旧译家以为佛陀之转音。因此有称佛教徒为浮屠氏，佛经为浮屠经。但也有把佛塔的音译“窣堵波”误译为“浮屠”，因称佛塔为“浮屠”。

② 边寿民：清代画家，名维祺，字寿民。擅画芦雁，有“边芦雁”之称。

③ 㡘（lián）：帷幔，如门帘之类。

④ 髭：嘴上边的胡子。

⑤ 章邯：秦末著名军事家，秦二世时任少府，秦王朝最后一员大将。

⑥ 新安：指新安县，今河南省西北部，北临黄河。坑秦卒：坑埋秦兵。

⑦ 焉：疑问代词，哪里，怎么。

⑧ 画角：古代管乐器。谯楼：古代城门上建造的用以高望的楼。

尽，碑版仍题汉彻侯[①]。

寄许衡山

江淮韵士许衡州[②]，近日萧疏似昔不[③]？好事春泥修茗灶，多情小碗覆诗阄[④]。食眠消减缘花瘦，莺燕商量怨水流。我有无题新脱稿，寄君吟向小朱楼。

赠博也上人

闭门何处不深山，蜗合无多八九间。人迹到稀春草绿，燕巢营定画梁闲。黄泥小灶茶烹陆[⑤]，白雨幽窗字学颜[⑥]。独有老僧无一事，水禽沙鸟听关关[⑦]。

寄松风上人

岂有千山与万山，别离何易来何难！一日一日似流水。他乡故乡空倚阑[⑧]。云补断桥六月雨，松扶古殿三时寒。笋脯茶油新麦饭，几时猿鹤来同餐！

---

① 彻侯：古代爵位名。地位非常尊贵，可上通于皇帝。

② 许衡州：郑板桥在江村执教时的学生家长。

③ 萧疏：萧条，不景气。似昔不：还像从前一样吗。

④ 诗阄：将诗写于纸片，卷成小团，任人拈取，据诗意以定可否的一种游戏。

⑤ 陆：指陆羽，唐代人，著有《茶经》。

⑥ 颜：指颜真卿，唐代书法家。

⑦ 关关：禽鸟相互鸣和之声。

⑧ 倚阑：倚靠着栏杆。

喜雨

宵来风雨撼柴扉[①]，早起巡檐点滴稀[②]。一径烟云蒸日出，满船新绿买秧归。田中水浅天光净，陌上泥融燕子飞。共说今年秋稼好，碧湖红稻鲤鱼肥。

题画

秋山秋树秋水，苍瘦秃落清驶。日曾游望依稀，渺渺雁行沙嘴[③]。

悍吏

县官编丁著图甲[④]，悍吏入村捉鹅鸭。县官养老赐帛肉，悍吏沿村括稻谷[⑤]。豺狼到处无虚过，不断人喉抉人目[⑥]。长官好善民已愁，况以不善司民牧[⑦]。山田苦旱生草菅，水田浪阔声潺潺。圣主深仁发天庾[⑧]，悍吏贪勒为刁奸。索逋汹汹虎而翼，叫呼楚挞无宁刻[⑨]。村中杀鸡忙作食，前村后村已屏息。呜呼长吏定不知，知而故纵非人为。

---

① 柴扉：柴门。

② 巡：查看、巡视。

③ 渺渺：因遥远而模糊。

④ 图甲：地图与户籍。

⑤ 括：榨取、搜刮。

⑥ 抉（jué）：挖出。

⑦ 司：职掌，主管。

⑧ 庾（yǔ）：露天的谷仓。

⑨ 楚挞：杖打。

私刑恶

自魏忠贤拷掠群贤，淫刑百出，其遗毒犹在人间。胥吏以惨掠取钱，官长或不知也。仁人君子，有至痛焉。

官刑不敌私刑恶，掾吏搏人如豕搏[①]；斩筋抉髓剔毛发[②]，督盗搜赃例苛虐。吼声突地无人色，忽漫无声四肢直；游魂荡漾不得死，婉转回苏天地黑。本因冻馁迫为非，又值奸刁取自肥；一丝一粒尽搜索，但凭皮骨当严威。累累妻女小儿童，拘囚系械网一空；牵累无辜十七八，夜来锁得邻家翁。邻家老翁年七十，白梃长椎敲更急[③]。雷霆收声怯吏威，云昏雨黑苍天泣。

抚孤行

十年夫殁扃书簏[④]，岁岁晒书抱书哭；缥缃破裂方锦纹[⑤]，玉轴牙签断湘竹[⑥]。孀妇义不卖藏书，况有孤雏是遗腹。四壁涂鸦

① 掾吏（yuàn lì）：官府中佐助官吏的通称。搏：徒手或用刀、棒等激烈地对打。

② 抉（jué）：挖出。

③ 梃（tǐng）：棍棒。

④ 扃（jiǒng）：关门。簏（lù）：竹箱。

⑤ 缥缃：指图书。锦纹：瓷器装饰典型纹样之一，采用织锦和建筑彩绘作为装饰图案。

⑥ 牙签：用象牙制成的图书标签。

嗔不止[①]，十日索墨五日纸；学俸无钱愧塾师，线脚针头劳十指。灯昏焰短空房黑，儿读无多母长织。败叶走地风沙沙，检点儿眠听晓鸦。

芭　蕉

芭蕉叶叶为多情，一叶才舒一叶生[②]。自是相思抽不尽[③]，却教风雨怨秋声。

别梅鉴上人

海陵南郭居人少，古树斜阳破佛楼。一径晚烟篱菊瘦，几家黄叶豆棚秋。云山有约怜狂客，钟鼓无情老比丘[④]。回首旧房留宿处，暗窗寒纸飒飕飕[⑤]。

客扬州不得之西村之作

自别青山负夙期，偶来相近辄相思[⑥]。河桥尚欠年时酒，店壁还留醉后诗。落日无言秋屋冷，花枝有恨晓莺痴。野人话我平生事[⑦]，手种垂杨十丈丝。

---

① 嗔：责怪、埋怨。

② 舒：舒展开。

③ 抽：取出。

④ 比丘：佛教指和尚。

⑤ 飕飕：形容风声。

⑥ 辄：总是，就。

⑦ 野人：泛指村野之人、农夫。

再到西村

青山问我几时归，春雨山中长蕨薇[①]。吩咐白云留倦客，依然松竹满柴扉。送花邻女看都嫁，卖酒村翁兴不违。好待秋风禾稼熟，更修老屋补斜晖。

除夕前一日上中尊汪夫子

琐事贫家日万端，破裘虽补不禁寒[②]。瓶中白水供先祀，窗外梅花当早餐。结网纵勤河又沍[③]，卖书无主岁偏阑[④]。明年又值抡才会[⑤]，愿向秋风借羽翰[⑥]。

秋夜怀友

斗帐寒生夹被轻，疏星历历隔窗明[⑦]。满阶蕉叶兼梧叶，一夜风声似雨声。塞北天高鸿雁远，淮南木落楚江清[⑧]。客中又念天涯客，直是相思过一生。

---

① 蕨薇：指蕨和薇，均为山菜。

② 裘：毛皮的衣服。

③ 沍（hù）：冻结。

④ 阑（lán）：残，尽。

⑤ 抡（lún）才：选拔人才。

⑥ 翰：长而坚硬的羽毛。

⑦ 历历：一个一个清清楚楚。

⑧ 楚江：现在的长江。

山中雪后

晨起开门雪满山，雪晴云淡日光寒。檐流未滴梅花冻[①]，一种清孤不等闲[②]。

小　廊

小廊茶熟已无烟，折取寒花瘦可怜[③]。寂寂柴门秋水阔[④]，乱鸦揉碎夕阳天。

弄潮曲

钱塘小儿学弄潮，硬篙长楫捺复捎[⑤]。舵楼一人如铸铁，死灰面色睛不摇。潮头如山挺船入，樯橹掀翻船竖立[⑥]。忽然灭没无影踪，缓缓浮波众船集。潮平浪滑逐沙鸥，歌笑山青水碧流。世人历险应如此，忍耐平夷在后头。

怀舍弟墨[⑦]

我无亲弟兄，同堂仅二人；上推父与叔，岂不同一身！一身若连枝，叶叶相依因；树大枝叶富，树小枝叶贫。况我两弱干，

① 檐流：屋檐上的水滴。

② 不等闲：不寻常、不平常。

③ 寒花：亦作“寒华”。寒冷时节开放的花，多指菊花。

④ 寂寂：安静。

⑤ 捺：按、摁。

⑥ 樯橹：桅杆和船桨。

⑦ 舍弟：对人自称己弟的谦词。墨：即郑墨，号五桥，郑板桥堂弟。

荒河蔓草滨。走马折为鞭，樵斧摧为薪，含凄度霜雪，努力爱秋春。我年四十一，我弟年十八。忆昔幼小时，清癯欠肥肭[①]。老父酷怜爱，谓叔晚年儿；饼饵拥其手，病饱不病饥[②]。出门儿回顾，入门先抱持。年来父叔殁，移家僦他宅[③]；幸有破茅茨[④]，而无饱糠覈[⑤]。老兄似有才，苦不受绳尺[⑥]；贤弟才似短，循循受谦益。前年葬大父，圹有金虾蟆[⑦]，或云是贵征，便当兴其家。起家望贤弟，老兄太浮夸。家贫富书史，我又无儿子；生儿当与分，无儿尽付尔。离家一两月，念尔不能忘。客中有老树，枝叶郁苍苍。东枝近檐屋，西枝过邻墙；两枝不相顾，剪伐谁护将？感此伤我怀，苦乐须同尝。

偶 成

雨过天全嫩[⑧]，楼新燕有情。江晴春浩浩，花落水平平。越女吹箫坐，吴儿拨马行。回头各含意，烟柳闬州城[⑨]。

---

① 清癯（qú）：清瘦。肥肭（nà）：肥胖。

② 病：不满、责备。

③ 僦（jiù）：租赁。

④ 茅茨：指茅屋。

⑤ 覈（hé）：米麦的粗屑。

⑥ 绳尺：比喻法度、规矩。

⑦ 圹（kuàng）：墓穴。

⑧ 嫩：晴。

⑨ 闬（hàn）：里巷的门。

燕京杂诗（三首选一）

不烧铅汞不逃禅，不爱乌纱不要钱；但愿清秋长夏日，江湖常放米家船。

饮李复堂宅赋赠[①]

四月十五月在树，淡风清影摇窗户；举酒欲饮心事来，主客无言客起去。主人起家最少年，骅骝初试珊瑚鞭[②]；护跸出入古北口[③]，橐笔侍直仁皇前[④]；才雄颇为世所忌，口虽赞叹心不然。萧萧匹马离都市，锦衣江上寻歌妓；声色荒淫二十年，丹青纵横三千里。两婴世网破其家[⑤]，黄金散尽妻孥嫕[⑥]；剥啄催租恼吏频，水田千亩翻为累。途穷卖画画益贱，佣儿贾竖论非是[⑦]，昨画双松半未成，醉来怒裂澄心纸。老去翻思踏软尘，一官聊以庇其身；几遍花开上林树，十年不见京华春。此中滋味淡如水，未忍明良径贱贫。

① 李复堂：清代画家，扬州八怪之一。名鱓，号复堂、懊道人等。

② 骅骝（huá liú）：骏马名。

③ 跸（bì）：帝王的车驾。

④ 橐笔（tuó bǐ）：古代小吏，手持橐橐，簪笔于头，侍立于帝王大臣左右，简称“橐笔”。

⑤ 婴：通“撄”。触犯。

⑥ 妻孥：指妻子和儿女。嫕（huì）：怨恨。

⑦ 贾（gǔ）竖：旧时对商人的贱称。

由兴化迂曲至高邮七截句

百六十里荷花田，几千万家鱼鸭边。舟子搦篙撑不得[①]，红粉照人娇可怜。

烟蓑雨笠水云居，鞋样船儿蜗样庐。卖取青钱沽酒得，乱摊荷叶摆鲜鱼。

湖上买鱼鱼最美，煮鱼便是湖中水。打桨十年天地间，鹭鸶认我为渔子[②]。

买得鲈鱼四片腮，莼羹点豉一樽开[③]。近来张翰无心出[④]，不待秋风始却回。

柳坞瓜乡老绿多，幺红一点是秋荷。暮云卷尽夕阳出，天末冷风吹细波。

一塘蒲过一塘莲，荇叶菱丝满稻田。最是江南秋八月，鸡头米赛蚌珠圆[⑤]。

船窗无事哺秋虫，容易年光又冷风。绣被无情团扇薄，任他霜打柿园红。

赠国子学正侯嘉璠弟[⑥]

读书数万卷，胸中无适主；便如暴富儿，颇为用钱苦。大哉

---

① 搦（nuò）：拿着。

② 鹭鸶：又称白鹭，以鱼类为食。

③ 樽：古代的盛酒器具。

④ 张翰：字季鹰，西晋文学家。

⑤ 鸡头米：指芡实，中药材，别名鸡头米，是睡莲科植物芡的干燥成熟种仁。

⑥ 侯嘉璠：字元经，号夷门。少从临海叶丰学诗。

侯生诗，直达其肺腑；不为古所累，气与意相辅。洒洒如贯珠，斩斩入规矩[①]。当今文士场，如公那可睹！家住浙东头，山凹水之浒；雁峰天上排，台根海底柱。树密龙气深，云霾石情怒[②]。安得从君游，啸歌入天姥[③]！龙湫万丈悬[④]，对坐濯灵府。我诗无部曲[⑤]，弥漫列卒伍。转斗屡蹶伤[⑥]，犹思暴猛虎。家非山水乡，半生食盐卤。顽石乱木根，凭君施巨斧。

赠胡天游弟[⑦]

作文勉强为，荆棘塞喉齿。乃兴勃发处，烟云拂满纸。检点岂不施，涛澜浩无涘[⑧]。昨读《秋霖赋》，触手生妙理。涂抹古是非，排挞世欢喜。抽思云影外，造语石骨里。李广飞将军[⑨]，自然成壁垒；列子御风行[⑩]，庸夫寻辙轨。钱塘江雨青，山阴石发紫。何必采灵芝，千崖看秀起。山灵爱狂逸，魑魅识才技[⑪]。杂沓吾扬州[⑫]，烟花欲羞死。

---

① 斩斩：整齐，严肃。

② 云霾：云雾。

③ 天姥：指天姥山。

④ 龙湫：雁荡山著名的大瀑布。

⑤ 部曲：诗歌的格律、形式等。

⑥ 蹶（jué）：跌倒，倒下。

⑦ 胡天游：清代骈文家、诗人。

⑧ 涘（sì）：本义水边，引申为边际。

⑨ 李广：汉武帝时期的名将。

⑩ 列子：战国前期思想家，是老子和庄子之外的又一位道家思想代表人物。

⑪ 魑魅：传说中能害人的妖怪。

⑫ 杂沓：纷杂。

读昌黎上宰相书因呈执政[①]

常怪昌黎命世雄，功名之际太匆匆；也应不肯他途进，惟有修书谒相公[②]。

瓮山示无方上人[③]

松梢雁影度清秋，云淡山空古寺幽。蟋蟀乱鸣黄叶径，瓜棚半倒夕阳楼。客来招饮欣同出，僧去烹茶又小留。寄语长安车马道，观鱼濠上是天游[④]。

同起林上人重访仁公（三首选一）

宾主吟声合，幽窗夜火燃。风铃如欲语，树鹤不成眠。月转山沉雾，花深鸟入烟。朝霞铺满径，裁取作蛮笺[⑤]。

野　老

输罢官租不入城，秋风社酒各言情[⑥]。明年二月逢春闰，细雨长堤看耦耕[⑦]。

---

① 昌黎：即韩愈，字退之，自谓郡望昌黎，世称韩昌黎。唐代文学家、哲学家。

② 谒：拜见。

③ 瓮山：即颐和园里的万寿山。在乾隆十六年以前，万寿山称“瓮山”。无方上人：郑板桥的朋友，瓮山上圆静寺的和尚，在该寺出家。

④ 濠上：出自《庄子·秋水》，记庄子与惠子游于濠梁之上，见鲦鱼出游从容，因辩论鱼知乐否。后多用“濠上”比喻别有会心、自得其乐之地。

⑤ 蛮笺：一种十色笺，产于蜀地。

⑥ 社酒：旧时于春秋社日祭祀土神，饮酒庆贺，称所备之酒为社酒。

⑦ 耦耕：两人并耕。

山中夜坐再陪起上人作（四首选三）

人语山上烟，月出秋树底。清光射玲珑，峭壁澄寒水。栖鸟见其腹，历历明可指[①]。秋虫草际鸣，切切哀不已[②]。禅心冷欲冰，诗怀淡弥旨[③]。吟成无笺麻，书上破窗纸。顽奴倦烹茶，汤沸火已灭；冷然酌秋泉，心肺总寒冽。丛花夜露滋，细媚石上茁。老槐恃气力，排风骨正折。坐久月当中，寒光射毛发。不但饮秋泉，此心何得热。诗成令我写，写就复涂抹。骨脉微参差[④]，有爱忍心割。未得如抽茧，针尖隐毛褐。既得如尸解，蜣螂忽蝉脱。主人门外来，诗才日豪阔。迟疾各性情，维余气先夺。

又赠牧山[⑤]

十日不能下一笔，闭门静坐秋萧瑟。忽然兴至风雨来，笔飞墨走精灵出。小草小虫意微妙，古石古云气奔逸。字作神禹钟鼎文[⑥]，杂以蝌蚪点浓漆。怪迂荒幻性所钟，妥贴细腻学之谧[⑦]。访君古树荒坟边，叶凋草硬霜凛栗[⑧]。一醉十日亦不辞，芦沟归马催人

① 历历：一个一个清清楚楚。

② 切切：象声词，形容声音轻细或声音凄切。

③ 弥旨：更有意义。

④ 参差：不一致。

⑤ 牧山：即图清格，号牧山，清代画家。

⑥ 钟鼎文：古代铜器上铸或刻的文字，通常专指殷周秦汉铜器上的文字。

⑦ 谧（mì）：安宁，平静。

⑧ 凛栗（lǐn lì）：恐惧、惊恐。

疾。扬州老僧文思最念君[①]，一纸寄之胜千镒[②]。

送都转运卢公[③]

扬州自古风流地，惟有当官不自怡。盐筴米囊销岁月[④]，崖花涧鸟避旌旗。一从吏议三年谪[⑤]，得赋淮南百首诗。昨把青鞋踏隋苑，壶浆献出野田儿。

清词颇似王摩诘[⑥]，复以精华学杜陵[⑦]。吟撼夜窗秋纸破，思凝塞涧晓星澄。楼头古瓦疏桐雨，墙外清歌画舫灯。历尽悲欢并喧寂，心丝袅入碧云层。

尘埃吹去又生尘，汩尽英雄为要津。世外烟霞负渔钓，胸中宠利愧君臣。去毛折项葫芦熟，豁齿蓬头婢仆真。两世君家有清德，即今风雅继先民。

何限鹓鸾供奉班[⑧]，惭予引对又空还。旧诗烧尽重誊稿[⑨]，破屋修成好住山。自写簪花教幼妇，闲拈玉笛引双鬟。吹嘘更不劳前辈，从此江南一梗顽。

---

① 文思：文章的意境或思想。

② 镒（yì）：古代重量单位，一镒为二十两。

③ 卢公：即卢见曾，字抱孙，号雅雨山人。

④ 筴（jiā）：筷子。

⑤ 谪：被贬到边远地区做官。

⑥ 王摩诘：指唐代著名诗人王维。

⑦ 杜陵：指唐代著名诗人杜甫。

⑧ 鹓鸾（yuān luán）：比喻贤者。

⑨ 誊稿：照底稿抄写。

李氏小园

小园十亩宽，落落书间屋。春草无秽滋，寒花有余馥[①]。闭户养老母，拮据市粱肉。大儿执鸾刀[②]，缕缕切红玉；次儿拾柴薪，细火煨陆续。烟飘豆架青，香透疏篱竹。贫家滋味薄，得此当鼎餗[③]。弟兄何所餐，宵来母剩粥。晨起缝破衣，针线不成行。母年七十四，眼昏手又僵。装绵苦欲厚，用线苦欲长；线长衣缝紧，绵厚耐雪霜。装成令儿暖，母衣单薄凉。不衣逆母怀，衣之情内伤。儿病母煮药，老泪滴炉灰。儿死复得活，为母而再来。终养理之顺，哭儿情至哀。老天有矜怜，复使归母怀。兄起扫黄叶，弟起烹秋茶。明星犹在树，烂烂天东霞。杯用宣德瓷[④]，壶用宜兴砂[⑤]。器物非金玉，品洁自生华。虫游满院凉，露浓败蒂瓜。秋花发冷艳，点缀枯篱笆。闭户成羲皇[⑥]，古意何其赊[⑦]！

赠金农[⑧]

乱发团成字，深山凿出诗；不须论骨髓，谁得学其皮！

---

① 余馥：余香。

② 鸾刀：古代名刀。《礼记》："割刀之用，鸾刀之贵，反本修古，不忘其初也。"

③ 餗（sù）：鼎中的食物。

④ 宣德瓷：明代宣德年间的瓷器。

⑤ 宜兴砂：江西宜兴的沙壶。

⑥ 羲皇：即伏羲氏。

⑦ 古意：追念古代的人、物、事迹的情意。赊：长，远。

⑧ 金农：清代书画家，扬州八怪之一。字寿门，号冬心等。

细君

为折桃花屋角枝，红裙飘惹绿杨丝。无端又坐青莎上[①]，远远张机捕雀儿。

雨中

终日苦应酬，连阴得闭门。清凉满心肺，草木向我言。新竹倚屋檐，绿沁窗纸昏。梁燕坐不出，蜗牛满苔痕。犬迹踏沙软，蹑屐恐泥翻[②]。回廊足散步，把书行且温。家酿亦已熟，呼僮倾盎盆。小妇便为客，红袖对金樽[③]。

范县呈姚太守

落落漠漠何所营，萧萧澹澹自为情。十年不肯由科甲，老去无聊挂姓名。布袜青鞋为长吏，白榆文杏种春城[④]。几回大府来相问，陇上闲眠看耦耕[⑤]。

古董

末世好古董，甘为人所欺。千金买书画，百金为装池。缺

① 无端：没来由的。

② 蹑屐：穿着木屐。

③ 金樽：盛酒的器具。

④ 白榆：落叶乔木，树冠圆球形。文杏：即银杏。俗称白果树。

⑤ 耦耕：两人并耕。

角古玉印，铜章盘龟螭[①]。乌几研铜雀[②]，象床烧金猊[③]。一杯一樽斝[④]，按图辨款仪。钩深索远求，到老如狂痴。骨肉起讼狱，朋友生猜疑。方其富贵日，价直千万奇；及其贫贱来，不足换饼糍。我有大古器，世人苦不知。伏羲画八卦，文周孔《系辞》；《洛书》著《洪范》，夏禹传商箕；《东山》《七月》篇，斑驳何陆离：是皆上古物，三代即次之。不用一钱买，满架堆离披。乃其最下者，韩文李杜诗。用以养德行，寿考百岁期；用以治天下，百族归淳熙[⑤]。大古不肯好，逐逐流俗为？东家宣德炉，西家成化瓷；盲人宝陋物，惟下愚不移。

贫士

贫士多窘艰[⑥]，夜起披罗帏；徘徊立庭树，皎月堕晨辉。念我故人好，谋告当无违。出门气颇壮，半道神已微。相遇作冷语，吞话还来归。归来对妻子，局促无仪威。谁知相慰藉，脱簪典旧衣。入厨燃破釜，烟光凝朝晖；盘中宿果饼，分饷诸儿饥。待我富贵来，鬓发短且稀，莫以新花枝，诮此蘼芜非[⑦]。

① 螭：古代传说中没有角的龙。

② 铜雀：指铜雀砚。

③ 象床：象牙装饰的床。金猊（ní）：香炉。

④ 斝（jiǎ）：铜制酒器，盛行于商代。

⑤ 淳熙：是南宋皇帝宋孝宗的年号。

⑥ 窘艰：穷困而艰难。

⑦ 蘼芜（mí wú）：香草名。在此处比喻结发妻。

行路难三首

天明始觉满身霜，抖擞征衫曳马缰[①]。茅店暖烟嘘冷面，射人朝日出林塘。

关山老马怯驰驱[②]，幼仆而今作壮夫。万里功名何处是，犹将青镜看髭须[③]。

红帖糊门挂柏枝，东风马上过年时。一杯浊酒家千里，逆旅多情送饼糍[④]。

又一首仍用前起句

天明始觉满身霜，日出才伸十指僵[⑤]。山色半青还半雾，马头红叶是何庄？

云

浓云风不动，薄霭片时过[⑥]。泽小含烟少，山深吐气多。弥漫遮大块，轻弱赴微波。爱巧嫌痴重[⑦]，人情可奈何！

塞下曲三首

天远山空塞草长，太平羽猎出渔阳；少年马上谈诗事，一种

① 抖擞：焕发、振作、旺盛的样子。

② 驰驱：策马疾驰；快跑。

③ 髭须：胡须。

④ 糍（cí）：一种用江米（糯米）做成的食品。

⑤ 僵：僵硬。

⑥ 薄霭：薄薄的云气。

⑦ 痴重：痴迷。

风流夹莽苍。

万嶂千山落日多[①]，将军猎罢选清歌；胡姬醉舞双红袖，笑指黄羊挂骆驼。

洗尽寒酸旧笔头，十年关塞觅封侯；臂鹰跃马黄皮裤。射得丰狐作短裘[②]。

招隐寺访旧五首（选二首）

沃水先清面，除烦更削瓜。客真无礼数，僧亦去袈裟[③]。竹榻斜支枕[④]，苔窗卧看花。来朝好风日，细细探烟霞。

禅房精笔砚，窗又碧纱糊。吮墨情温细[⑤]，吟诗味澹腴[⑥]。茶枪新摘蕊[⑦]，莲露旋收珠。小盏烹涓滴，青光浅浅浮。

乳母诗

乳母费氏，先祖母蔡太孺人之侍婢也[⑧]。燮四岁失母，育于费氏。时值岁饥，费自食于外，服劳于内。每晨起，负燮入市中，以一钱市一饼置燮手[⑨]，然后治他事。间有鱼飧瓜果[⑩]。必先食燮，

① 嶂：直立像屏障一样的山峰。

② 短裘：短的皮衣。

③ 袈裟：和尚披在外面的法衣。

④ 竹榻：供躺卧用的竹制小床。

⑤ 吮墨：用笔蘸墨。指为文作画。

⑥ 澹腴：安静，丰裕。

⑦ 茶枪：茶未展的嫩芽。

⑧ 孺人：古代贵族、官吏之母或妻的封号。

⑨ 市：买。

⑩ 飧（sūn）：晚饭，亦泛指熟食，饭食。

然后夫妻子母可得食也。数年，费益不支，其夫谋去，乳母不敢言，然长带泪痕。日取太孺人旧衣溅洗补缀，汲水盈缸满瓮，又买薪数十束积灶下，不数日竟去矣。燮晨入其室，空空然，见破床败几纵横，视其灶犹温，有饭一盏，菜一盂[①]，藏釜内，即常所饲燮者也。燮痛哭，竟亦不能食矣。后三年，来归侍太孺人，抚燮倍挚[②]。又三十四年而卒，寿七十有六。方来归之明年，其子俊得操江提塘官，屡迎养之，卒不去，以太孺人及燮故。燮成进士，乃喜曰："吾抚幼主成名，儿子作八品官，复何恨！"遂以无疾终。

平生所负恩，不独一乳母。长恨富贵迟，遂令惭恧久[③]。黄泉路迂阔，白发人老丑。食禄千万钟，不如饼在手。

长干里[④]

墙里花开墙外见，篱门半覆垂杨线；门外春流一派清，青山立在门当面。老子栽花百种多，清晨担卖下前坡；三间古屋无儿女，换得鲜鱼供阿婆。缫丝织绣家家事[⑤]，金凤银龙贡天子，花样新添一线云，旧机不用西湖水。机上男儿百巧民，单衫布褐不遮身[⑥]；中原百岁无争战，免荷干戈敢怨贫[⑦]！

---

① 盂：盛饭的器皿。

② 倍挚：更加真挚。

③ 惭恧（nǜ）：惭愧。

④ 长干里：古代南京著名的地名，遗址在今内秦淮河以南至雨花台以北。

⑤ 缫丝：把蚕茧浸在热水里，抽出蚕丝。

⑥ 褐：粗布或粗布衣服。

⑦ 干戈：指战争。

比　蛇

粤中有蛇，好与人比较长短，胜则啮人[①]，不胜则自死，然必面令人见，不暗比也。山行见者，以伞具上冲，蛇不胜而死。

好向人间较短长，截冈要路出林塘[②]；纵然身死犹遗直，不是偷从背后量[③]。

脆　蛇

是蛇易断易续，能治病，无毒。土人以竹筒诱入，塞之，焙以为药[④]。

为制人间妙药方，竹筒深锁挂枯墙；剪屠有毒餐无毒[⑤]，究竟身从何处藏？

宿野寺

野寺荒寒乱水侵，长廊坏院一灯深，芭蕉淅飒梧桐雨[⑥]，不起愁心是恨心。

---

① 啮人：用牙齿啃或咬人。

② 截冈：拦截道路。

③ 量：量得、测得。

④ 焙：用微火烘。

⑤ 剪屠：杀戮。

⑥ 淅飒：淅淅沥沥的雨声。

游焦山

日日江头数万山，诸山不及此山闲[①]；买山百万金钱少。赊欠何曾定要还。老去依然一秀才，荥阳家世旧安排[②]；乌纱不是游山具，携取教歌拍板来。

雪　晴

檐雪才消日上迟，古铜瓶晒腊梅枝。触窗无力痴蝇软[③]，切莫欺他失意时[④]。

六　朝

一国兴来一国亡，六朝兴废太匆忙[⑤]。南人爱说长江水[⑥]，此水从来不得长。

江　晴

雾裹山疑失，雷鸣雨未休[⑦]；夕阳开一半，吐出望江楼。天阴作图画，纸墨俱润泽，更爱嫩晴天，寥寥三五笔[⑧]。

① 不及：比不上。

② 荥（xíng）阳：地名，在河南省。

③ 痴蝇软：因天气冷苍蝇飞得不灵活了。

④ 切莫：千万不要。

⑤ 废：荒芜，衰败。

⑥ 南人：指长江以南地区的人。

⑦ 未休：没有停止。

⑧ 寥寥：非常少。

罗　隐[1]

罗隐终身不负唐，君王原自爱文章。诸臣琐琐忧辚轹[2]，改面更衣却事梁[3]。

吴越山川黤寂寥[4]，秀才心事有刍荛[5]。如何万弩横江上[6]，不射朱温却射潮[7]？

文　章

唐明皇帝宋神宗[8]，翰苑青莲苏长公[9]。千古文章凭际遇[10]，燕泥庭草哭秋风。

李商隐[11]

不历崎岖不畅敷[12]，怨炉鞴冶铸吾徒。义山逼出西昆体[13]，多谢

① 罗隐：原名横，字昭谏，号江乐生。唐代文学家。

② 辚轹（lín lì）：车轮辗轧。比喻践踏。

③ 梁：指五代梁朝。

④ 黤（yǎn）：昏暗。

⑤ 刍荛（chú yáo）：指割草打柴的人。

⑥ 万弩：很多的弓箭。

⑦ 朱温：五代时期的第一个皇帝梁太祖朱温。

⑧ 唐明皇：唐玄宗李隆基。宋神宗：北宋皇帝赵顼。

⑨ 翰苑青莲：指李白，号青莲，他曾供奉翰林。苏长公：指苏轼。

⑩ 际遇：机遇，时运。

⑪ 李商隐：字义山，号玉溪生、樊南生。唐代诗人。

⑫ 崎岖：指曲折或坎坷。

⑬ 西昆体：北宋初期出现的一种文风。注重形式上模拟李商隐，追求辞藻，堆砌典故。

郎君小令狐[①]。

四 皓[②]

云掩商於万仞山[③]，汉庭一到即回还[④]。灵芝不是凡夫采，荷得乾坤养得闲[⑤]。

破衲 为从祖福国上人作

衲衣何日破[⑥]，四十有余年；自首仍缝绽，青春已结穿。透凉经夏好，等絮入秋便；故友无如此，相看互有怜。

赠勖宗上人三首[⑦]（选二首）

罨画溪边髻尚髽[⑧]，便拈荷叶作袈裟。一条水牯斜阳外[⑨]，种得山头十亩霞。

诗清云淡两无心，人自青春韵自深。好待菊花重九后[⑩]，万山红叶冷相寻。

---

① 小令狐：唐代文学家令狐楚之子。牛李党争时，一直排斥李商隐。

② 四皓：指秦末汉初隐居于陕西商山的四位老人，即东园公、甪里先生、绮里季、夏黄公。

③ 商於：古代地名，辖区主要为现在的陕西省商洛市境内。

④ 汉庭：指汉朝。

⑤ 荷：承蒙，承受。乾坤：天地、阴阳。闲：通“娴”，熟悉、熟练。

⑥ 衲衣：有补缀的衣服。

⑦ 勖宗上人：郑板桥在北京结识的僧人。

⑧ 罨画：色彩鲜明的绘画。髽（zhuā）：以麻束发。

⑨ 水牯：公水牛。

⑩ 重九：即重阳，阴历九月九日。

山中卧雪呈青崖老人[①]

一夜西风雪满山，老僧留客不开关[②]。银沙万里无来迹，犬吠一声村落闲。

音　布[③]

昔予老友音五哥，书法峭崛含阿那[④]。笔锋下插九地裂，精气上与云霄摩。陶颜铸柳近欧薛[⑤]，排黄铄蔡凌颠坡[⑥]。墨汁长倾四五斗，残毫可载数骆驼。时时作草恣怪变，江翻龙怒鱼腾梭。与予饮酒意静重，讨论人物无偏颇。众人皆言酒失大，予执不信嗔伪讹。大致萧萧足风范，细端琐碎宁为苛！乡里小儿暴得志，好论家世谈甲科。音生不顾辄嚏唾[⑦]，至亲戚属相矛戈。愈老愈穷愈怫郁[⑧]，屡颠屡仆成蹉跎[⑨]。革去秀才充骑卒，老兵健校相遮罗。群呼先生拜于地，坌酒大肉排青莎[⑩]。音生瞪目大欢笑，

① 青崖老人：指香山卧佛寺的青崖和尚。

② 关：门闩。

③ 音布：字闻远，长白山人，善书。

④ 阿那：同“婀娜”，柔美的样子。

⑤ 颜：即颜真卿。柳：即柳公权。欧：即欧阳询。三人皆为唐代书法家。薛：即薛绍彭，北宋书法家。

⑥ 黄：即黄庭坚。蔡：即蔡襄。一说蔡京。颠：即米芾。坡：即苏轼。四人皆为宋代书法家。

⑦ 嚏唾：打喷嚏，吐口水。

⑧ 怫（fú）郁：愤懑，心情不舒畅。

⑨ 蹉跎：光阴白白地过去。

⑩ 坌（bèn）酒：粗劣的酒。青莎：即莎草，多年生草本植物。地下根块名香附子，供药用。

狂鲸一吸空千波。醉来素笔索纸墨，一挥百幅成江河。群争众夺若拱璧，无知反得珍爱多。昨遇老兵剧穷饿，颇以卖字温釜锅。谈及音生旧时事，顿足叹恨双涕沱。天与才人好花样，如此行状应不磨。嗟予作诗非写怨，前贤逝矣将如何！世上才华亦不尽，慎勿咤叱为幺魔[①]。此等自非公辅器，山林点缀云霞窝。泰岱嵩华自五岳，岂无别岭高嵯峨。大书卷帙告诸世，书罢茫茫发浩歌。

范　县

四五十家负郭民，落花厅事净无尘。苦蒿菜把邻僧送，秃袖鹑衣小吏贫[②]。尚有隐幽难尽烛，何曾顽梗竟能驯！县门一尺情犹隔，况是君门隔紫宸[③]。

寄题东村焚诗二十八字

闻说东村万首诗，一时烧去更无遗。板桥居士重饶舌[④]，诗到烦君并火之。

---

① 幺魔：指微不足道的人。

② 秃袖鹑衣：出自《荀子·大略》："子夏贫，衣若县鹑。"鹑：鹌鹑鸟，鹌鹑的尾巴短而秃，像打满补丁一样。形容衣服非常破旧。

③ 紫宸：帝王、帝位的代称。

④ 饶舌：滔滔不绝多嘴多舌地、毫无效果地讲话。

寄招哥

十五娉婷娇可怜[①]，怜渠尚少四三年[②]。宦囊萧瑟音书薄[③]，略寄招哥买粉钱。

怀扬州旧居

（即李氏小园，卖花翁汪髯所筑。）

楼上佳人架上书，烛光微冷月来初。偷开绣帐看云鬟[④]，擘断牙签拂蠹鱼[⑤]。谢傅青山为院落[⑥]，隋家芳草入园蔬[⑦]。思乡怀古兼伤暮，江雨江花尔自如。

喝　道[⑧]

喝道排衙懒不禁，芒鞋问俗入林深[⑨]。一杯白水荒涂进，惭愧村愚百姓心[⑩]。

---

① 娉婷：形容女子姿态优美。

② 怜：哀怜。渠：方言，他。

③ 宦囊：因做官而得到的财物。萧瑟：寂寞清凉。

④ 云鬟：形容女子鬟发盛美如云，这里指佳人。

⑤ 擘断：折断。蠹鱼：借指书籍。

⑥ 谢傅：即谢安，字安石，东晋宰相，曾隐居东山。

⑦ 隋家：隋朝，此处代指隋炀帝。

⑧ 喝道：封建时代官员出门时，前面引路的差役喝令行人让路。

⑨ 芒鞋：亦作“芒鞵”，用芒茎外皮编织成的鞋。也泛指草鞋。

⑩ 愚：愚弄。

范县诗

十亩种枣，五亩种梨，胡桃蘋婆[①]，沙果柿椑。春花淡寂，秋实离离[②]，十月霜红，劲果垂枝。争荣谢拙，韫采丁斯，消烦解渴，拯疾疗饥。

桑下有梯，桑上有女，不见其人，叶纷如雨。小妹提笼，小弟趋风，掇彼桑葚，青涩未红。既养我蚕，无市我茧，杼轴在堂[③]，丝絮在拈。暖老怜童，秋风裁剪。

维蒿维蕨，蔬百其名，维筐维榼[④]，百献其情。蒲桃在井，萱草在坪，枣花侵县，麦浪平城。小虫未翅，窈窕厥声，哀呼老赵，望食延颈。

范以黄口为小虫，以衔食哺雏者为老赵。

臭麦一区，饥鸡弗顾，甜瓜五色，美于甘瓠[⑤]。结草为庵，扶翳远树[⑥]，苜蓿绵芊，荞花锦互。三豆为上，小豆斯附，绿质黑皮，匀圆如注。

范有臭麦，成熟后则不臭。黄、黑、绿为三豆，为大

① 蘋：蕨类植物，生在浅水中。

② 离离：繁茂的样子。

③ 杼轴：织布机上的两个部件，也代指织机。

④ 榼：古时盛酒的器具。

⑤ 瓠：瓠瓜，一年生草本植物。

⑥ 扶翳：遮蔽、隐蔽。

豆，余俱小豆。黑豆而骨青者最贵。

鹅为鸭长，率游于池，悠悠远岸，漠漠杨丝。人牛昼卧，高树荫之，赤日不到，清风来吹。

斗斯巨矣[①]，三登其一；尺斯广矣，十加其七。豆区权衡[②]，不官而质。田无埂陇，亩无侵轶[③]。尔种尔黍，我耰我稷[④]。丈之以弓，岔之以尺。

黍稷翼翼，以葱以郁，黍稷栗栗，以实以积。九月霜花，雇役还家；腰镰背谷，脚露肩霞。遥指我屋，思见我妇，一缕晨烟，隔于深树。牵衣献果，幼儿识父。

钱十其贯，布两其端，四十聘妇，我家实寒。亦有胜村，童儿女孙，十五而聘，十七而婚。菀枯异势，造化无根。我欲望天，我实戴盆[⑤]。六十者佣，不识妻门，笼灯舁彩[⑥]，终身为走奔。

驴骡马牛羊，汇费斯为集，或用二五八，或以一四七。期日。长吏出收租，借问民苦疾；老人不识官，扶杖拜且泣。官差分所应，吏扰竟何极；最畏朱标签，请君慎点笔。贪者三其租，廉者五其息。即此悟官箴，恬退亦多得。

① 斗：十升为一斗。

② 豆区：古代量器名。四升为豆，四豆为区。

③ 侵轶：侵犯袭击。

④ 耰（yōu）：古代的一种农具。

⑤ 戴盆：戴盆望天，比喻愿望绝不能达到。语出司马迁《报任安书》。

⑥ 舁（yú）：带。

朝歌在北[①]，濮水在南[②]；维兹范邑，匪淫匪娄。陶尧孙子，刘累庶枝，鼻祖于会，衍世于兹。娖娖斤斤[③]，《唐风》所吹；垦垦力力，物土之宜。

有　年

槐影鸦声昼漏稀，了除案牍吏人归[④]。拈来旧稿花前改，种得新蔬雨后肥。小院乌童调骏马，画楼纤手叠朝衣。冈陵未足酬恩造[⑤]，大有书年报紫微。

绝句二十一首

高凤翰

号西园，胶州秀才[⑥]，荐举为海陵督灞长[⑦]。工诗画，尤善印篆；病废后，用左臂，书画更奇。

西园左笔寿门书[⑧]，海内朋交索向余；短札长笺都去尽。老夫

① 朝歌：古地名，位于河南省北部鹤壁的淇县，殷商末期纣王在此建立行宫，改称朝歌。

② 濮水：水名，在今河南省濮阳县。

③ 娖（chuò）娖斤斤：矜持拘谨的样子。

④ 案牍：文件，书信。

⑤ 冈陵：连绵起伏的山陵。恩造：帝王的栽培。

⑥ 胶州：位于山东。

⑦ 海陵：江苏省泰州市的主城区。汉初置县，已有两千一百多年的历史。

⑧ 寿门书：指金农书法。金农工隶书，书法朴厚；楷书自创一格，有隶意，号称“漆书”。

赝作亦无馀[①]。

图清格[②]

号牧山，满洲人，部郎。善画，学石涛和尚[③]。

懒向人间作画师，朋游山下牧羊儿。崖前古庙新泥壁，墨竹临风写一枝[④]。

李　鳝[⑤]

号复堂，兴化人[⑥]，孝廉[⑦]。供奉内廷，后为滕县令。画笔工绝。

两革科名一贬官，萧萧华发镜中寒[⑧]。回头痛哭仁皇帝，长把灵和柳色看[⑨]。

莲　峰

杭州诗僧，雍正间赐紫[⑩]。

① 赝：伪造的。

② 图清格：字牧山，号月坡，又号牧山老人，满洲人。官至大同知府。

③ 石涛和尚：曾出家为僧，法名原济。字石涛，号苦瓜和尚等。清初画家。

④ 临风：迎风；当风。

⑤ 李鳝：清代画家，扬州八怪之一。字宗扬，号复堂、懊道人等。

⑥ 兴化：地名，位于苏北里下河地区腹部，地处扬州、南通、盐城经济开发区中心。

⑦ 孝廉：明、清朝对举人的称呼。

⑧ 华发：花白的兴发。

⑨ 灵和：指灵和殿，南朝齐武帝时所建。

⑩ 赐紫：唐制，三品以上官公服紫色，五品以上绯色（大红），有时官品不及而皇帝推恩特赐，准许服紫或服绯，以示尊宠，称赐紫或赐绯。

铁索三条解上都，君王早为白冤诬[①]；他年写入高僧传，一段风波好画图。

傅　雯

主凯亭，闾阳布衣[②]。工指头画，法且园先生[③]。

长作诸王座上宾，依然委巷一穷民[④]。年年卖画春风冷，冻手胭脂染不匀。

潘西凤

字桐冈，人呼为老桐，新昌人。精刻竹，濮阳仲谦以后一人[⑤]。

年年为恨诗书累，处处逢人劝读书；试看潘郎精刻竹[⑥]，胸无万卷待何如！

孙峨山前辈

讳勷，德州人，进士，通政司右通。文章满天下，子孙科甲无算[⑦]，先生泊如也。

屡劝诸儿莫做官，立官难更立身难；一门自有千秋业，万石

① 诬：诬陷。

② 闾阳：辽宁省北镇市。布衣：布制的衣服，此处借指平民百姓。

③ 且园：即高其佩，字韦之，号且园。清代画家，擅长指头画。

④ 委巷：僻陋小巷。

⑤ 濮阳仲谦：明代金陵派竹刻的创始人。

⑥ 试看：且看。

⑦ 无算：无法计算。

高风国史看[①]。

黄　慎[②]

字恭懋，号瘿瓢。七闽老画师[③]。

爱看古庙破苔痕，惯写荒崖乱树根；画到情神飘没处[④]，更无真相有真魂。

边维祺

字颐公，一字寿民，山阳秀才。工画雁。

画雁分明见雁鸣，缣缃飒飒荻芦声[⑤]；笔头何限秋风冷，尽是关山离别情[⑥]。

李　锴

字梅山，又号豸青山人，索相子婿也。极博工诗，辽东世胄[⑦]。

落魄王孙号豸青，文章无命命无灵。西风吹冷平津阁[⑧]，何处

① 万石：指高官厚禄之家。

② 黄慎：清代画家，扬州八怪之一。字恭寿，一字恭懋，号瘿瓢子。

③ 七闽：指古代居住在今福建省和浙江省南部的闽人，因分为七族，故称七闽。

④ 飘没：飘飞出没。

⑤ 缣缃：浅黄色的细绢。荻芦：高大的禾草类植物。

⑥ 关山：关隘和山川。

⑦ 世胄：贵族。

⑧ 平津阁：高级官僚延纳宾客的处所。

重寻孔雀屏[①]？

郭沅

字南江，扬州人，孝廉。工制艺。

点染诗书万卷开[②]，丹黄如绣墨如苔[③]。客来相对无言说[④]，文弱书生小秀才。

音布

字闻远，长白山人。善书。

柳板棺材盖破袪[⑤]，纸钱萧淡挂輀车[⑥]；森罗未是无情地[⑦]，或恐知人就索书。

沈凤

字凡民，江阴人，盱眙县令[⑧]，王篛林太史门生。工篆刻。

政绩优游便出奇，不须峭削合时宜[⑨]；良苗也怕惊雷电，扇得和风好好吹。

① 孔雀屏：指窦毅招婿终得唐高祖李渊一事。后以为择婿之典。
② 点染：绘画时点缀景物和着色，也比喻修饰文字。
③ 丹黄：旧时点校书籍用朱笔书写，遇误字，涂以雌黄，故称丹砂和雌黄为丹黄。
④ 相对：彼此，互相。
⑤ 袪（qū）：袖口。
⑥ 輀（ér）车：载运棺柩的车。
⑦ 森罗：指天地间纷纷罗列的各种各样的景象。
⑧ 盱眙（xū yí）：县名，在江苏省中西部。
⑨ 峭削：陡峭如削。

周景柱

字西擎，遂安人[①]，孝廉。由内阁中书为潮州府丞。工书法。

曾约严滩去钓鱼[②]，春风江上草为庐，如何万里无消耗[③]，君屈衙官我簿书[④]。

董伟业

字耻夫，号爱江，沈阳人，流寓甘泉，作《扬州竹枝词》九十九首。

百首新诗号《竹枝》，前明原有艳妖词；合来方许称完璧[⑤]，小楷抄誉枕秘随[⑥]。

保　禄

字雨村，满洲笔帖式[⑦]。遇于江西无大师家，赠诗云："西江马大士，南国郑都官。"

曾把都官目板桥，心知诳哄又虚骄。无方去后西山远[⑧]，酒店

① 遂安：位于浙江省新安江畔。
② 严滩：在浙江桐庐县南，相传为东汉严光隐居垂钓处。
③ 消耗：消息，音信。
④ 衙官：刺史的属官，泛指下属小官。簿书：官署中的文书簿册。
⑤ 方许：可以。
⑥ 枕秘：指珍藏于枕函中的秘传宝书。
⑦ 笔帖式：清代衙署中掌管翻译满汉章奏文籍等事务的职员。
⑧ 无方：僧名，即无方上人，住瓮山（今颐和园一带）。

春旗何处招[1]？

伊福纳

字兼五，姓那拉，满洲人。进士，户部郎中。工诗。

红树年年只报秋，西山岁岁想同游。枯僧去尽沙弥换[2]，谁识当时两黑头！

申甫

号笏山，关中人[3]，孝廉。工诗。

男儿须斗百千期[4]，眼底微名岂足奇[5]；料得水枯青石烂，天涯满诵笏山诗。

杭世骏

字大宗，号堇浦，杭州人。工诗。举鸿博[6]，撰翰林苑编修[7]。

门外青山海上孤，阶前春草梦中癯[8]；宦情不及闲情热，一夜

① 春旗：青旗，青帘。
② 枯僧：老僧；孤僧。沙弥：初出家的年轻和尚。
③ 关中：指陕西省秦岭北麓渭河冲积平原（渭河流域一带）。
④ 期：规定的时间，或一段时间。
⑤ 岂：怎么，难道。
⑥ 鸿博：清代科举设博学鸿词科，亦称鸿博。
⑦ 编修：古代史官之一，明清翰林院设编修，并无实质职务。
⑧ 癯：瘦。

心飞入鉴湖[①]。

方超然

字苏台，淳安人。工书。为盐场大使。

蝇头小楷太匀停[②]，长恐工书损性灵；急限采笺三百幅[③]，宫中新制锦围屏[④]。

金司农

字寿门，钱塘人。搏物工诗。荐鸿搏不就。

九尺珊瑚照乘珠[⑤]，紫髯碧眼聚商胡[⑥]；银河若问支机石[⑦]，还让中原老匹夫。

凡大人先生，载之国书，传之左右史。而星散落拓之辈[⑧]，名位不高，各怀绝艺，深恐失传，故以二十八字标其梗概。峨山先生不应在是列，笔之所至，遂不能自已。

① 鉴湖：在浙江省绍兴城西南，为浙江名湖之一。

② 蝇头：形容字非常小。匀停：均匀，适中。

③ 采笺：彩色的笺纸。

④ 围屏：可以折叠的屏风。

⑤ 照乘珠：光亮能照明车的宝珠。

⑥ 髯：两腮的胡子。

⑦ 支机石：神话传说中织女所用之石。比喻远古遗物。

⑧ 落拓：落魄。

立 朝

立朝何必无纤过，要在闻而遽改之[①]；千古怙终缘宠恋[②]，问君恋得几多时？

南 朝

昔人谓陈后主[③]、隋炀帝作翰林，自是当家本色。燮亦谓杜牧之[④]、温飞卿为天子[⑤]，亦足破国亡身。乃有幸而为才人，不幸而有天位者，其遇不遇，不在寻常眼孔中也。

舞榭歌楼荡子家，骚人落拓借扯遮[⑥]。如何冕藻山龙客[⑦]，苦恋温柔旖旎花[⑧]！红豆有情传梦寐，青春无赖斗烟霞。风流不是君王派，请入鸡林谢翠华[⑨]。

历览三首

历览名臣与佞臣，读书同慕古贤人。乌纱略戴心情变，黄阁

① 遽：马上。

② 怙（hù）终：仗恃奸邪而终不悔改。

③ 陈后主：即陈叔宝，南朝陈皇帝。

④ 杜牧之：即杜牧，字牧之，唐代诗人。

⑤ 温飞卿：本名岐，后改名庭筠，字飞卿。唐代诗人、词人。

⑥ 落拓：不得志，潦倒失意。

⑦ 山龙客：借指帝王、公侯。

⑧ 旖旎（yǐ nǐ）：柔美的样子。

⑨ 鸡林：古国名。翠华：用翠羽饰于旗杆顶上的旗，为皇帝仪仗。此处指皇帝。

旋登面目新。翻笑腐儒何寂寂[①]，可怜世味太津津。劝君莫作《闲居赋》，潘岳终须负老亲[②]。

历览冰山过眼倾[③]，眼前崒嵂有谁争[④]？三千罗绮传宫粉，十万貔貅拥禁兵[⑤]。白发更饶门户计，黄金先买史书名。焚香痛哭龙门叟[⑥]，一字何曾诳后生！

历览前朝史笔殊，英才多少受冤诬！一人著述千人改，百日辛勤一日涂。忌讳本来无笔削，乞求何得有褒诛？唯馀适口文堪读，惆怅新添者也乎。

二生[⑦]诗

腐《史》湘《骚》问几更，衙斋风雨见高情。也知贫病浑无措[⑧]，不敢分钱恼二生。

秋　荷

秋荷独后时，摇落见风姿[⑨]；无力争先发，非因后出奇。

① 翻笑：嘲笑。

② 潘岳：字安仁，后人常称其为潘安，西晋文学家。

③ 冰山：比喻一时显赫、不可久恃的权势。

④ 崒嵂（zú lǜ）：山峰高峻。

⑤ 貔貅（pí xiū）：猛兽名。常用来比喻勇猛之士。

⑥ 龙门叟：指司马迁。

⑦ 二生：宋纬、刘连登，范县秀才。

⑧ 浑：全然。

⑨ 风姿：优美的姿态。

怀李三鲜[①]

耕田便尔牵牛去，作画依然弄笔来。一领破蓑云外挂，半张陈纸酒中裁。青春在眼童心热，白发盈肩壮志灰。惟有莼鲈堪漫吃[②]，下官亦为啖鱼回[③]。

待买田庄然后归，此生无分到荆扉。借君十亩堪栽秫[④]，赁我三间好下帏[⑤]。柳线软拖波细细，秧针青惹燕飞飞。梦中长与先生会，草阁南津旧钓矶[⑥]。

平阴道上

关河夜雨，车马晨征。萧萧日出，荡荡波平。山城树碧，古戍花明[⑦]。云随马足，风送车声。渔者以渔，耕者以耕。高原妇馌[⑧]，墟落鸡鸣[⑨]。帝王之业，野人之情[⑩]。

七　夕

天上人间尽苦辛，飞桥斜度水粼粼：一年一会多离隔，好把

① 李三鲜：即李鲜。

② 堪：能承受。

③ 啖：吃。

④ 秫（shú）：黏高粱，可做烧酒。

⑤ 帏：帷幕，帐子。

⑥ 钓矶：在礁石上钓鱼。

⑦ 古戍（shù）：古老的戍楼。

⑧ 馌（yè）：往田野送饭。

⑨ 墟落：村落。

⑩ 野人：泛指村野之人，农夫。

牛郎觑得真[①]。

漏尽星飞顷别离[②]，细将长夜说相思；明年又有新愁恨，不得重提旧怨词。

止　足

年过五十，得免孩埋；情怡虑淡，岁月方来。弹丸小邑[③]，称是非才。日高犹卧，夜户长开。年丰日永，波淡云回。乌鸢声乐[④]，牛马群谐。讼庭花落[⑤]，扫积成堆。时时作画，乱石秋苔，时时作字，古与媚皆；时时作诗，写乐鸣哀。闺中少妇，好乐无猜，花下青童，慧黠适怀[⑥]。图书在屋，芳草盈阶。昼食一肉，夜饮数杯。有后无后，听已焉哉！

孤儿行

孤儿踯躅行[⑦]，低头屏息，不敢扬戸。阿叔坐堂上，叔母脸厉秋铮铮。阿叔不念兄，叔母不念嫂。不记瘦嫂病危笃[⑧]，枕上叩头，孤儿幼小；立唤孤儿跪，床前拜倒。拭泪诺诺，孤儿是保。娇儿坐堂上，孤儿走堂下；娇儿食粱肉，孤儿兢兢捧盘盂，恐倾

① 觑：看，瞧。

② 漏尽：断尽一切烦恼。

③ 弹丸：形容非常小。

④ 乌鸢：乌鸦和老鹰。

⑤ 讼庭：庭院。

⑥ 慧黠：聪慧、机灵。

⑦ 踯躅：徘徊。

⑧ 危笃：病得很重。

跌，受笞骂。朝出汲水，暮莝刍养马[①]。莝刍伤指，血流泻泻。孤儿不敢言痛，阿叔不顾视，但詈死去兄嫂[②]，生此无能者。娇儿著紫裘，孤儿著破衣；娇儿骑马出，孤儿倚门扉。举头望望，掩泪来归。昼食厨下，夜卧薪草房。豪奴丽仆，食余弃骨，孤儿拾啮，并遗剩羹汤。食罢濯盘浴釜[③]，诸奴树下卧凉。老仆不分涕泣，骂诸奴骨轻肉重，乃敢凌幼主，高贱躯。阿叔阿姆闻知，闭房悄坐，气不得苏，终然不念茕茕孤[④]。老仆携纸钱，出哭孤儿父母，头触坟树，泪滴坟土。当初一块肉，罗绮包裹，今日受煎苦。墓树萧萧，夕阳黄瘦，西风夜雨。

后孤儿行

十岁丧父，十六丧母。孤儿有妇翁[⑤]，珠玉金钱付其手。蒲苇系盘石，可以卒长久。纵不爱他人儿，宁不为阿女守？丈丈翁[⑥]，得钱归，鼠心狼肺，侧目吞肥，千谋万算伏危机。姥曰：“不可。”翁曰：“不然。”令孤儿汲水大江边，失足落江水，邻救得活全。丈丈闻知复活，不谢邻舍，中心怅然。朝不与食，暮不与栖止，孤儿荡荡无倚[⑦]。乞求餐饭，旬日不返；外父外母不问，曷论生死！夜宿野庙，荒苇茫茫。闻人笑语，渐见灯光；绿林君子，勒

---

① 莝刍（cuò chú）：铡喂牲口的草。

② 詈（lì）：责骂。

③ 濯盘浴釜：洗盘刷锅。

④ 茕茕（qióng）：孤独无依靠。

⑤ 妇翁：妻父。

⑥ 丈丈：对老人的尊称。

⑦ 无倚：无依无靠。

令把火随行。孤儿不敢不听从强梁。事发贼得，累及孤儿；贼白冤故，官亦廉知。丈丈辣心毒手，悉力买告，令诬涅与贼同归[①]。西日惨惨，群盗就戮。顾此孤儿，肌如莹玉。不恨己死，痛孤冤毒。行刑人泪相续。

题陈孟周词后

陈孟周，瞽人也[②]。闻予填词，问其调。予为诵太白《菩萨蛮》、《忆秦娥》二首。不数日，即为其友人填二词，亦用《忆秦娥》调。其词曰："光阴泻，春风记得花开夜。花开夜，明珠双赠，相逢未嫁。

旧时明月如钩挂，只今提起心还怕。心还怕，漏声初定，玉楼人下。""何时了，有缘不若无缘好。无缘好，怎生禁得，多情自小。

重逢那觅回生草，相思未创招魂稿。招魂稿，月虽无恨，天何不老！"予闻而惊叹，逢人便诵。咸曰青莲自不可及[③]，李后主、辛稼轩何多让矣。拙词近数百首，因愧陈作，遂不复存。圆峤仙人海上飞，吸风饮露不曾归。偶然唾墨成涓滴，化作灵云入少微[④]。

世间处处可怜情，冷雨凄风作怨声。此调再传黄壤去，痴魂何日出愁城？

---

① 诬涅：诬陷别人。

② 瞽（gǔ）：盲人，瞎子。

③ 咸曰：都说。

④ 少微：星座名。

署中示舍弟墨

学诗不成，去而学写。学写不成，去而学画。日卖百钱，以代耕稼；实救困贫，托名风雅。免谒当途[①]，乞求官舍；座有清风，门无车马。四十科名，五十旃旌[②]；小城荒邑，十万编氓[③]。何养何教，通性达情；何兴何废，务实辞名。一行不当，百虑难更。少予失教，躁率易轻。水衰火炽，老更不平。日有悔吝[④]，终夜屏营[⑤]。妻孥绮縠[⑥]，僮仆鼎羹；何功何德，以安以荣？若不速去，祸患丛生。李三复堂，笔精墨渺。予为兰竹，家数小小；亦有苦心，卅年探讨。速装我砚，速携我稿；卖画扬州，与李同老。诗学三人，老瞒与焉[⑦]；少陵为后[⑧]，姬旦为先[⑨]。字学汉魏，崔蔡钟繇[⑩]；古碑断碣，刻意搜求。维兹三事，屋舍田畴。宦贫何畏，宦富可惴；即此言归，有赢不匮。人不疵尤[⑪]，鬼无瞰祟[⑫]。吾既不贪，尔亦无恚[⑬]。需则失时，决乃云智。

---

① 谒：拜见。

② 旃旌（zhān jīng）：泛指赤色旗帜。

③ 氓：古代称民，特指外来的。

④ 悔吝：灾祸。

⑤ 屏营：惶恐。

⑥ 縠（hù）：虎豹一类的猛兽。

⑦ 老瞒：指曹操，字孟德，小字阿瞒。汉魏政治家、诗人。

⑧ 少陵：即杜甫，自称少陵野老、杜陵布衣等。

⑨ 姬旦：即周公，西周初年政治家。

⑩ 崔：指崔瑗，东汉书法家。擅长章草。蔡：指蔡邕，东汉书法家。擅长篆隶。钟繇：三国时魏书法家。擅隶、楷、行书。

⑪ 疵尤：缺点、瑕疵。

⑫ 瞰祟：窥看。

⑬ 恚（huì）：怨恨、愤怒。

破 屋

廨破墙仍缺[1]，邻鸡喔喔来。庭花开扁豆，门子卧秋苔。画鼓斜阳冷，虚廊落叶回。扫阶缘宴客，翻惹燕鸦猜。

姑 恶[2]

古诗云："姑恶，姑恶，姑不恶，妾命薄。"可谓忠厚之至，得三百篇遗意矣！然为姑者，岂有悛悔哉[3]？因复作一篇，极形其状，以为激劝焉。

小妇年十二[4]，辞家事翁姑[5]。未知伉俪情，以哥呼阿夫。两小各羞态，欲言先嗫嚅。翁令处闺阁，织作新流苏[6]。姑令杂作苦，持刀入中厨。切肉不成块，礧磈登盎簠[7]；作羹不成味，酸辣无别殊；析薪纤手破，执热十指枯。翁曰："是幼小，教导当徐徐。"姑曰："幼不教，长大谁管拘？恃其桀傲性，将欺颓老躯；恃其骄纵资，吾儿将伏蒲。"今日肆詈辱[8]，明日鞭挞俱。五日无完衣，十日无完肤。吞声向暗壁，啾唧微叹吁。姑云是诅

① 廨：旧时官吏办公的地方。

② 姑：旧时妻称夫的母亲。

③ 悛悔：悔改。

④ 小妇：此处指童养媳。

⑤ 翁姑：古代妇女对丈夫的父母的称谓。

⑥ 流苏：一种下垂的以五彩羽毛或丝线等制成的穗子。

⑦ 礧磈（léi wěi）：石块。簠（fǔ）：古代祭祀时盛稻粱的器具。

⑧ 詈辱（lì rǔ）：詈骂侮辱。

咒，执杖持刀铻[①]："汝肉尚可切，颇肥未为癯[②]；汝头尚有发，薅尽为秋壶[③]。与汝不同生，汝活吾命殂[④]。"鸠盘老形貌[⑤]，努目真凶屠。阿夫略顾视，便嗔羞耻无。阿翁略劝慰，便嗔昏老奴。邻舍略探问，便嗔何与渠。嗟嗟贫家女，何不投江湖？江湖饱鱼鳖，免受此毒荼。嗟哉天听卑，岂不闻怨呼？人间为小妇，沉痛结冤诬。饱食偿一刀，愿作牛羊猪。岂无父母来？洗泪饰欢娱。岂无兄弟问？忍痛称姑劬[⑥]。疤痕掩破襟，秃发云病疏，一言及姑恶，生命无须臾[⑦]！

逃荒行

十日卖一儿，五日卖一妇，来日剩一身，茫茫即长路。长路迂以远，关山杂豺虎；天荒虎不饥，肝人伺岩阻[⑧]。豺狼白昼出，诸村乱击鼓。嗟予皮发焦，骨断折腰膂[⑨]。见人目先瞪，得食咽反吐。不堪充虎饿，虎亦弃不取。道旁见遗婴，怜拾置担釜；卖尽自家儿，反为他人抚。路妇有同伴，怜而与之乳[⑩]。咽咽怀中声，

---

① 刀铻（wú）：指快刀。

② 癯（qú）：清瘦。

③ 薅：去掉。秋壶：葫芦。

④ 殂（cú）：死亡。

⑤ 鸠盘：鸠盘荼的省称。鬼名，吸人精气之鬼。

⑥ 劬（qú）：劳苦，劳累。

⑦ 须臾：极短的时间。

⑧ 肝人：比喻人由于过度饥饿形如枯槁。

⑨ 膂（lǚ）：脊骨。

⑩ 乳：乳汁。

咿咿口中语；似欲呼爷娘，言笑令人楚[1]。千里山海关，万里辽阳戍。严城啮夜星，村灯照秋浒；长桥浮水面，风号浪偏怒。欲渡不敢撄[2]，桥滑足无履；前牵复后曳，一跌不复举。过桥歇古庙，聒耳闻乡语。妇人叙亲姻，男儿说门户；欢言夜不眠，似欲忘愁苦。未明复起行，霞光影踽踽[3]。边墙渐以南，黄沙浩无宇。或云薛白衣，征辽从此去；或云隋炀皇，高丽拜雄武。初到若夙经[4]，艰辛更谈古。幸遇新主人，区脱与眠处[5]。长犁开古碛[6]，春田耕细雨；字牧马牛羊，斜阳谷量数。身安心转悲，天南渺何许。万事不可言，临风泪如注。

效李艾山前辈体

秋声何处寻，寻入竹梧里；一片竹梧阴[7]，何处秋声起？

还家行

死者葬沙漠，生者还旧乡；遥闻齐鲁郊，谷黍等人长。目营青岱云[8]，足辞辽海霜；拜坟一痛哭，永别无相望。春秋社燕雁[9]，

---

① 楚：感到苦楚。

② 撄（yīng）：迫近。

③ 踽踽（jǔ）：孤独的样子。

④ 夙经：曾经。

⑤ 区（ōu）脱：指边界的土筑哨所。

⑥ 碛（qì）：沙石地。

⑦ 竹梧：竹林。

⑧ 营：谋求。

⑨ 社：古代指土地神和祭祀土地神的地方、日子及祭礼。

封泪远寄将。归来何所有，兀然空四墙；井蛙跳我灶，狐狸据我床。驱狐窒鼯鼠[①]，扫径开堂皇；湿泥涂旧壁，嫩草覆新黄。桃花知我至，屋角舒红芳；旧燕喜我归，呢喃话空梁；蒲塘春水暖，飞出双鸳鸯。念我故妻子，羁卖东南庄[②]；圣恩许归赎，携钱负橐囊[③]。其妻闻夫至，且喜且彷徨；大义归故夫，新夫非不良。摘去乳下儿，抽刀割我肠。其儿知永绝，抱颈索阿娘；堕地儿翻覆，泪面涂泥浆。上堂辞舅姑[④]，舅姑泪浪浪。赠我菱花镜，遗我泥金箱；赐我旧簪珥，包并罗衣裳。“好好作家去，永永无相忘。”后夫年正少，惭惨难禁当；潜身匿邻舍，背树倚斜阳。其妻径以去，绕陇过林塘。后夫携儿归，独夜卧空房；儿啼父不寐，灯短夜何长！

思归行

山东遇荒岁，牛马先受殃；人食十之三[⑤]，畜食何可量。杀畜食其肉，畜尽人亦亡。帝心轸念之[⑥]，布德回穹苍。东转辽海粟，西截湘汉粮；云帆下天津，艨艟竭太仓[⑦]。金钱数百万，便宜为赈方。何以未赈前，不能为周防[⑧]？何以既赈后，不能使乐康？

---

① 鼯鼠：也称飞鼠或飞虎，是松鼠科下的一个族，称为鼯鼠族。

② 羁（jī）卖：典卖寄住。

③ 橐囊（tuó náng）：口袋。

④ 舅姑：公婆。

⑤ 十之三：形容数量少。

⑥ 轸（zhěn）念：辗转思念。

⑦ 艨艟（méng chōng）：战船名。太仓：京城储粮的大仓。

⑧ 周防：谨密防患。

何以方赈时，冒滥兼遗忘？臣也实不材，吾君非不良。臣幼读书史，散漫无主张：如收败贯钱，如撑断港航；所以遇烦剧，束手徒周章[①]。臣家江淮间，虾螺鱼藕乡；破书犹在架，破毡犹在床。待罪已十年，素餐何久长。秋云雁为伴，春雨鹤谋粱；去去好藏拙[②]，满湖莼菜香。

断　句

白驹场颜秋水前辈诗云：□□□□□□□，□□□□□□□[③]。又云：偷临画稿奴藏笔，贪看斜阳婢倚楼。满洲常建极有云：奴潜去志神先阻，鹤有饥容羽不修。湖洲潘汝龙《西湖诗》云：秋风雁响钱王塔[④]，暮雨人耕贾相园。淮安程凤衣云：乾坤著意穷吾党，途路难言仗友生。一斑可喜，何必全豹。

小小茅斋短短篱，文窗绣案紧封皮。秋风白粉新泥壁，细贴群贤断句诗。

署中无纸书状尾数十与佛上人

闲书状尾与山僧，乱纸荒麻叠几层。最爱一窗晴日照，老夫

① 周章：惊惧、害怕的样子。

② 藏拙：掩藏拙劣，不以示人。常用为自谦之词。

③ 原文缺，后同。

④ 钱王塔：位于杭州西湖旁。

衙署冷于冰[①]。

忆湖村

数声桄桔隔烟萝[②]，是处西风压稻禾。荻笔半含东墅雨[③]，鹭鸶遥立夕阳波。买鱼人闹桥边市，得酒船归月下歌。拟向湖干筑秋舍[④]，菊篱枫径近如何！

窘况为许衡州赋

半缺柴门叩不开[⑤]，石稜砖缝好苍苔；地偏竹径清于水，雨冷诗情瘦似梅。山茗未赊将菊代，学钱无措唤儿回；塾师亦复多情思，破点经书手送来。

万里西风雁阵哀，五更霜月起徘徊。薄田累我年年种，秋稼登场事事来。私券官租纷夙欠[⑥]，女裙儿褐待新裁。老亲八十豪情在，斗米焉能废腊醅[⑦]！

赠袁枚

室藏美妇邻夸艳[⑧]，君有奇才我不贫。

① 衙署：衙门。冷：冷清。

② 桄桔：民间乐器。烟萝：草树茂密，烟聚萝缠。

③ 荻笔：用荻为原料做的笔。荻：多年生草本植物，生在水边。

④ 拟：打算。

⑤ 半缺：半开半关。叩：敲。

⑥ 夙：曾经。

⑦ 腊醅（pēi）：未过滤的酒。

⑧ 夸：夸赞。

小园

月光清峭射楼台[①]，浅夜篱门尚半开[②]。树里灯行知客到，竹间烟起唤茶来。数声犬吠秋星落，几阵风专远笛哀。坐久谈深天渐曙，红霞冷露满苍苔。

恼潍县

行尽青山是潍县，过完潍县又青山。宰官枉负诗情性[③]，不得林峦指顾问。

偶然作

文章动天地，百族相绸缪[④]；天地不能言，圣贤为咙喉。奈何纤小夫，雕饰金翠稠，口读《子虚赋》[⑤]，身著貂锦裘；佳人二八侍，明星灿高楼；名酒黄羊羹，华灯水晶球。偶然一命笔，币帛千金收；歌钟连戚里，诗句钦王侯[⑥]；浪膺才子称[⑦]，何与民瘼求[⑧]！所以杜少陵，痛哭何时休！秋寒室无絮，春雨耕无牛；娇

① 清峭：清丽挺拔。

② 浅夜：夜未深。

③ 宰官：特指县官。

④ 绸缪：连绵不断。

⑤《子虚赋》：西汉司马相如的作品。

⑥ 钦：指皇帝亲自做。

⑦ 浪膺（yīng）：承受、承当。

⑧ 民瘼（mò）：人民的疾苦。

儿乐岁饥，病妇长夜愁。推心担贩腹[①]，结想山海陬[②]。衣冠兼盗贼[③]，征戍杂累囚。史家欠实录，借本资校雠[④]。持以奉吾君，藻鉴横千秋[⑤]。曹刘沈谢才，徐庾江鲍俦[⑥]，自云黼黻笔[⑦]，吾谓乞儿谋。

饶 诗

客来颇有一盘棋，客去非无酒数卮[⑧]。发短官忙身又病，倩君饶我一篇诗。

兴到千篇未是多，愁来一字懒吟哦。非云此事从今绝，脱复佳时待体和[⑨]。

李御、于文濬、张宾鹤、王文治会饮

黄金避我竟如仇，湖海英雄不自由[⑩]。今日一杯明日别，订盟何得及沙鸥[⑪]！

---

① 担贩：挑着担子的小商贩。

② 陬（zōu）：隅，角落。

③ 衣冠：指世族；士绅。

④ 校雠（chóu）：校对文字。

⑤ 藻鉴：品藻和鉴别。

⑥ 曹刘沈谢：指曹植、刘桢、沈约、谢灵运。徐庾江鲍：指徐陵、庾信、江淹、鲍照。八人皆为汉魏六朝诗人。俦（chóu）：伴侣，同辈。

⑦ 黼黻（fǔ fú）：比喻华丽的辞藻。

⑧ 卮（zhī）：古代的酒器。

⑨ 脱复：等待。

⑩ 湖海：全天下。

⑪ 及：比得上。

教馆诗

教馆本来是下流[①]，傍人门户渡春秋。半饥半饱清闲客，无锁无枷自在囚。课少父兄嫌懒惰，功多子弟结冤仇。而今幸得青云步[②]，遮却当年一半羞。

别梅鉴上人

十年不见亦如斯，逐日相从了不奇[③]。挑菜旧篮犹挂壁，种花新陇欲通池。风霜渐逼慵缝衲[④]，楮墨重寻但索诗[⑤]。此别无多应会面，雪花飘落马头时。

赠范县旧胥

范县民情有古风，一团和蔼又包容；老夫去后相思切[⑥]，但望人安与岁丰[⑦]。

旧胥来索书，为作十纸，此其云幅也。感而赋诗，不觉出涕。罢官后，当移家于范，约为兄弟婚姻[⑧]。

---

① 下流：低等卑微的职业。

② 青云：比喻高的地位。

③ 了不奇：不觉得奇怪。

④ 慵：懒惰。缝衲：和尚穿的衣服。

⑤ 楮墨：纸墨。

⑥ 切：形容程度深。

⑦ 但望：只希望。

⑧ 约：约定。

词刻自序

燮词不足存录。兰亭楼夫子谓燮词好于诗，且付梓人[①]，后来进益[②]，不妨再更定。嗟乎！燮何进也？燮年三十至四十，气盛而学勤，阅前作，辄欲焚去；至四十五六，便觉得前作好；至五十外，读一过，便大得意。可知其心力日浅，学殖日退[③]，忘己丑而信前是，其无成断断矣[④]。楼夫子是燮乡试房师，得毋爱忘其丑乎[⑤]？

陆种园先生讳震，邑中前辈。燮幼从之学词，故刊刻二首，以见一斑。

为文须千斟万酌，以求一是，再三更改，无伤也。然改而善者十之七，改而谬者亦十之三。乖隔晦拙，反走入荆棘丛中去，要不可以废改，是学人一片苦心也。燮作词四十年，屡改屡蹶者[⑥]，不可胜数。今兹刻本，颇多仍旧，而此中之酸甜苦辣备尝而有获者亦多矣。世间为父师者，见其子弟之文疏松爽豁便喜[⑦]，见其拗涉晦拙便忧[⑧]。吾愿少宽岁月以待之[⑨]，必有屈曲达心、沉着痛快之妙。天下岂有速成而能好者乎？

① 付梓：古时雕版刻书以梓木为上，后也称书籍刊印为“付梓”。
② 进益：指学业、品德上的进步。
③ 学殖：渊博的学问，学问的修养。
④ 断断：专诚守一。
⑤ 得毋：恐怕，是不是。
⑥ 蹶：跌倒。比喻失败或受挫折。
⑦ 疏松爽豁：文思清爽、豁达。
⑧ 拗涉晦拙：晦涩难懂。
⑨ 少宽，多一些宽限。

少年游冶学秦、柳，中年感慨学辛、苏[①]，老年淡忘学刘、蒋[②]，皆与时推移而不自知者。人亦何能逃气数也[③]!

渔家傲　王荆公新居

积雨新晴江日吐[④]，小桥著水烟绵树，茅屋数间谁是主？王介甫[⑤]，而今晓得青苗误。

吕惠卿曹何足数[⑥]，苏东坡遇还相恕，千古文章根肺腑。长忆汝，蒋山山下南朝路[⑦]。

蝶恋花　晚景

一片青山临古渡[⑧]，山外晴霞漠漠收残雨；流水远天波似乳，断烟飞上斜阳去。

徙倚高楼无一语，燕不归来没个商量处；鸦噪暮云城堞古[⑨]，

---

① 秦、柳、辛、苏：秦指秦观，字少游，号淮海居士，“苏门四学士”之一，北宋文学家、词人；柳指柳宗元，字子厚，世称“柳河东”，“唐宋八大家”之一；辛指辛弃疾，南宋爱国词人，原字坦夫，改字幼安，中年居所曰稼轩，因此自号“稼轩居士”；苏指苏轼，字子瞻，又字和仲，号“东坡居士”，北宋著名文学家、书画家，“唐宋八大家”之一，豪放派词人代表。

② 刘：刘过，字改之，号龙洲道人。南宋词人、诗人。蒋：蒋捷，字胜欲，号竹山，宋末元初词人。

③ 气数：运数。

④ 吐：出。

⑤ 王介甫：名安石，字介甫，号半山。北宋政治家、文学家。

⑥ 吕惠卿：字吉甫，北宋人。

⑦ 蒋山：即钟山。

⑧ 临：对着。

⑨ 堞：城墙上齿状的矮墙。

月痕淡入黄昏雾。

渔父　本意

宿雨新晴江气凉[①]，湿烟初破柳丝黄。才上巳[②]，又清明，桃花村店酒瓶香。

漠漠海云微漏日，茫茫春水渐盈塘[③]。波澹荡，燕低昂，小舟丝网晒鱼梁[④]。

浪淘沙　暮春

春气晚来晴，天澹云轻，小楼忽洒夜窗声。卧听萧萧还淅淅[⑤]，湿了清明。

节序太无情[⑥]，不肯留停，留春不住送春行。忘却罗衣都湿透[⑦]，花下吹笙。

浣溪沙　少年

砚上花枝折得香，枕边蝴蝶引来狂，打人红豆好收藏[⑧]。

---

① 宿雨：夜雨，经夜的雨水。

② 上巳：农历三月上旬巳日。

③ 盈：充满。

④ 晒鱼梁：筑堰拦水捕鱼的一种设施，用木桩、柴枝或编网等制成篱笆或栅栏，置于河流、潮水河中或出海口处。

⑤ 萧萧：形容风声。淅淅：象声词，形容雨声。

⑥ 节序：时节的顺序。

⑦ 罗衣：轻软丝织品制成的衣服。

⑧ 红豆：相思子树的种子，色鲜红，常用来象征相思，也叫“相思子”。

数鸟声时痴卦算[①]，借书摊处暗思量，隔墙听唤小珠娘[②]。

浪淘沙　和洪觉范潇湘八景[③]

潇湘夜雨

风雨夜江寒，篷背声喧[④]，渔人隐卧客人叹。明日不知晴也未？红蓼花残[⑤]。

晨起望沙滩，一片波澜，乱流飞瀑洞庭宽。何处雨晴还是旧？只是君山[⑥]。

山市晴岚

雨净又风恬[⑦]，山翠新添，薰蒸上接蔚蓝天[⑧]。惹得王孙芳草色[⑨]，酝酿春田。

朝景尚拖烟，日午澄鲜，小桥山店倍增妍[⑩]。近到略无些色相[⑪]，远望依然。

① 痴：痴迷。卦算：占卜。

② 小珠娘：古越俗呼女孩为珠娘。

③ 洪觉范：指诗僧惠洪，原法名觉范，又称寂音尊者，筠州高安人。

④ 篷：遮蔽风雨和阳光的设备。用篾席或布制成。

⑤ 蓼（liǎo）：一种草本植物。

⑥ 君山：原名湘山，又名洞庭山、洞庭君山、湖山等，即神仙洞府之意。

⑦ 恬：安静。

⑧ 薰蒸：指雨后远山上的雾气。

⑨ 王孙：植物名，黄孙的别名。

⑩ 妍：美丽。

⑪ 色相：指事物的形状外貌。

渔村夕照

山迴暮云遮[①]，风紧寒鸦，渔舟个个泊江沙。江上酒旗飘不定，旗外烟霞。

烂醉作生涯，醉梦清佳，船头鸡犬自成家。夜火秋星浑一片[②]，隐跃芦花[③]。

烟寺晚钟

日落万山巅[④]，一片云烟，望中楼阁有无边。惟有钟声拦不住，飞满江天。

秋水落秋泉，昼夜潺湲[⑤]，梵王钟好不多传[⑥]。除却晨昏三两击，悄悄无言。

远浦归帆

远水净无波，芦荻花多，暮帆千叠傍山坡。望里欲行还不动，红日西矬[⑦]。

名利竟如何？岁月蹉跎[⑧]，几番风浪几晴和。愁水愁风愁不尽，总是南柯[⑨]。

---

① 迴：远。

② 浑：全。

③ 隐跃：隐约。

④ 巅：顶峰。

⑤ 潺湲（chǎn yuān）：水慢慢流动的样子。

⑥ 梵王钟：寺院钟楼中的大钟。

⑦ 矬（cuò）：（日）斜。

⑧ 蹉跎：时间白白地度过。

⑨ 南柯：比喻世事如梦，富贵易失，一切都是空欢喜。

平沙落雁

秋水漾平沙，天末澄霞[①]，雁行栖定又喧哗。怕见洲边灯火焰，怕近芦花。

是处网罗赊[②]，何苦天涯，劝伊早早北还家。江上风光留不得，请问飞鸦。

洞庭秋月

谁买洞庭秋，黄鹤楼头，槐花半老桂花稠。才送斜阳西岭去，月上帘钩。

漭漭大荒流[③]，烟净云收，万条银线接天浮。不用画船沽酒去[④]，我自神游。

江天暮雪

雪意满潇湘，天淡云黄，梅花冻折老松僵。惟有酒家偏得意，帘旆飘扬[⑤]。

不待揭帘香，引动渔郎，蓑衣燎湿暖锅傍。踏碎琼瑶归路远[⑥]，醉指银塘。

种　花

宿雨昨宵晴，今日还阴，小楼帘卷卖花声。伏枕半酣犹未

① 天末：天边。

② 赊：遥远。

③ 漭漭：水广大的样子。

④ 沽酒：买酒。

⑤ 帘旆（pèi）：帘子和旌旗。

⑥ 琼瑶：比喻似玉的雪。

足[1]，又是斜曛[2]。

晴雨总无凭，诳杀愁人[3]，种花聊慰客中情。结实成阴都未卜，眼下青青。

贺新郎　徐青藤草书一卷[4]

墨瀋余香剩[5]，扫长笺狂花扑水[6]，破云堆岭。云尽花空无一物，荡荡银河泻影，又略点箕张鬼井[7]。未敢披图容易玩[8]，拨烟霞直上嵩华顶[9]，与帝座[10]，呼相近。

半生未挂朝衫领，狠秋风青衿剥去[11]，秃头光颈。只有文章书画笔，无古无今独逞，并无复自家门径。拔取金刀眉目割，破头颅血迸苔花冷，亦不是，人间病。

西村感旧

抚景伤飘泊[12]，对西风怀人忆地，年年担搁[13]。最是江村读书

① 半酣：指已喝了一半程度，还未尽酒兴的样子。

② 曛：落日的余晖。

③ 诳：欺骗。

④ 徐青藤：名渭，字文长，号天池，晚号青藤。明代文学家、书画家。

⑤ 墨瀋（shěn）：墨汁。

⑥ 长笺：长的信笺或诗笺，也指诗文或书信。

⑦ 箕张鬼井：古代四个星宿名，在二十八宿之列。

⑧ 玩：把玩。

⑨ 嵩华：嵩山和华山的并称。

⑩ 帝座：古星名，属天市垣，即武仙座星。

⑪ 狠：通“恨”。青衿：青衫。

⑫ 伤：感伤。

⑬ 担搁：耽误，迟延。

处，流水板桥篱落，绕一带烟波杜若。密树连云藤盖瓦，穿绿阴折入闲亭阁，一静坐，思量着。

今朝重践山中约，画墙边朱门欹倒[①]，名花寂寞。瓜圃豆棚虚点缀，衰草斜阳暮雀，村犬吠故人偏恶[②]。只有青山还是旧，恐青山笑我今非昨，双鬓减，壮心弱。

送顾万峰之山东常使君幕[③]

掷帽悲歌起，叹当年父母生我，悬弧射矢[④]。半世消沉儿女态，羁绊难逾乡里[⑤]。健羡尔萧然揽辔[⑥]，首路春风冰冻释，泊马头浩渺黄河水，望不尽，汹汹势。

到看泰岱从天坠[⑦]，矗空青千岩万嶂[⑧]，云揉月洗。封禅碑铭今在否？鸟迹虫鱼怪异，为我吊秦皇汉帝。夜半更须陵日观，紫金球涌出沧溟底[⑨]，尽海内，奇观矣。

独有难忘者，宁不见慈亲黑发，于今雪洒。检点装囊针线密，老泪潺湲而泻，知多少梦魂牵惹。不为深情酬国士，肯孤踪独骑天边跨？游子叹，关山夜。

---

① 欹倒（qī dǎo）：歪斜、倾斜。

② 偏恶：特别的厌恶。

③ 顾万峰：郑板桥的同窗好友。

④ 悬弧：古时生男子，则于家门左首挂一张弓，以射天地四方，寓其长而有志于四方。

⑤ 羁绊：束缚牵制。

⑥ 健羡：非常羡慕。辔（pèi）：驾驭牲口的嚼子和缰绳。

⑦ 泰岱：即泰山，泰山又名岱宗。

⑧ 嶂：直立的山峰。

⑨ 沧溟：指大海。

颇闻东道兼骚雅，最羡是峰峦十万，青排脚下。此去唱酬官阁里，酒在冰壶共把，须勖以仁风遍野[①]。如此清时宜树立，况鲁邹旧俗非难化[②]，休沉溺，篇章也！

常君名建极，字近辰，旗下人。有《登泰山绝顶》诗云：“二三星斗胸前落，十万峰峦脚底青。”又云：“烟霞历乱迷齐鲁，碑版零星倒汉唐。”皆警句也。

赠王一姐

竹马相过日，还记汝云鬟覆颈，胭脂点额。阿母扶携翁负背，幼作儿郎妆饰，小则小寸心怜惜。放学归来犹未晚，向红楼存问春消息，问我索，画眉笔。

廿年湖海长为客，都付与风吹梦杳[③]，雨荒云隔。今日重逢深院里，一种温存犹昔[④]，添多少周旋形迹[⑤]！回首当年娇小态，但片言微忤容颜赤[⑥]，只此意，最难得。

答小徒许樗存

十载名场困，走江湖盲风怪雨[⑦]，孤舟破艇。江上萧萧黄叶

① 勖：勉励。

② 鲁邹：鲁，孔子故乡；邹，孟子故乡。后以“鲁邹”指文化昌盛之地，礼义之邦。

③ 梦杳：梦境消失，不见踪影。

④ 犹昔：像从前一样。

⑤ 周旋：盘桓，辗转，反复。

⑥ 忤：逆，不顺从。

⑦ 盲风怪雨：指非常急骤凶猛的风雨。

寺，乱草荒烟满径，惹客子斜阳梦冷[①]。捡点残诗寻旧句，步空廊古殿琉璃影，一个字，吟难定。

书来慰勉殷勤甚，便道是前途万里，风长浪稳。可晓金莲红烛赐[②]，老了东坡两鬓[③]，最辜负朝云一枕[④]。拟买清风兼皓月，对歌儿舞女闲消闷，再休说，清华省[⑤]。

述诗二首

诗法谁为准，统千秋姬公手笔[⑥]，尼山定本[⑦]。八斗才华曹子建[⑧]，还让老瞒苍劲[⑨]，更五柳先生淡永[⑩]。圣哲奸雄兼旷逸[⑪]，总自裁本色留深分，一快读，分伦等。

唐家李杜双峰并[⑫]，笑纷纷诗奴诗丐，诗魔诗鸩。王孟高标清

---

① 惹：触动，引起。客子：离家在外、旅居异乡的人。

② 晓：明白，了解。金莲：旧指缠足妇女的小脚。

③ 东坡两鬓：语出苏轼《西江月·世事一场大梦》中："夜来风叶已鸣廊，看取眉头鬓上。"

④ 朝云：指王朝云，字子霞，北宋钱塘人，文学家苏轼之妾。

⑤ 清华：清高显贵的门第或官职。

⑥ 姬公：即周公姬旦。

⑦ 尼山定本：指由孔丘编定的《诗经》。尼山位于山东曲阜。

⑧ 八斗才华：形容人的文才高，知识丰富。曹子建：即曹植。谢灵运自夸道："魏晋以来，天下的文学之才共有一石，其中曹子建独占八斗，我得一斗，天下其他的人共分一斗。"

⑨ 老瞒：指曹操，小名阿瞒，后人称"老瞒"。

⑩ 五柳先生：晋陶潜的别号，"宅边有五柳树，因以为号焉"。淡永：形容陶渊明的诗平淡质朴，清新隽永。

⑪ 旷逸：指文学艺术风格的狂放、超逸。

⑫ 李杜：即诗仙李白和诗圣杜甫。

彻骨[1]，未免规方略近，似顾步骅骝未骋[2]。怪杀《韩碑》扬巨斧[3]，学昌黎险语排生硬[4]，便突过，昌黎顶。

经世文章要，陋诸家裁云镂月，标花宠草。纵使风流夸一世，不过闲中自了，那识得周情孔调[5]?《七月》《东山》千古在[6]，恁描摹琐细民情妙，画不出，《豳风》稿[7]。

文关国运犹其小，剖鸿蒙清宁厚薄[8]，直通奥窔[9]。寒暑阴阳多殄忒，笔底回旋不少，莫认作书生谈笑。回首少年游冶习[10]，采碧云红豆相思料，深愧杀，杜陵老[11]。

食　瓜

五色嘉瓜美，问东陵故侯安在[12]，圃园残废。多少金台名利客，略啖腥羶滋味[13]，便忘却田家甘旨[14]。门径薜萝荒不剪，绿杨桥

---

① 王孟：指王维、孟浩然。唐代山水田园诗歌流派的代表。

② 骅骝（huá liú）：周穆王八骏之一，泛指骏马。

③《韩碑》：李商隐诗作名。诗中赞美了韩愈所著《平淮西碑》一文。

④ 昌黎：韩昌黎，即韩愈，字退之。“唐宋八大家”之一。

⑤ 周情孔调：指周公、孔子的思想感情。

⑥《七月》《东山》：是《诗经·豳（bīn）风》中的篇章。

⑦《豳风》：是《诗经》十五国风之一。

⑧ 鸿蒙：宇宙形成前的混沌状态。

⑨ 奥窔（yào）：室内的阴暗角落。

⑩ 游冶：出游玩乐。

⑪ 杜陵：指唐代诗人杜甫。

⑫ 东陵故侯：指汉代的邵平，以种“东陵瓜”而著名。

⑬ 啖：吃。腥羶（xīng shān）：腥而羶的味道。

⑭ 甘旨：指美味的食物。

板断空流水，总不作，抽身计[①]。

吾家家在烟波里，绕秋城藕花芦叶，渺然无际。底事欲归归不得[②]，说是粗通作吏，听此话令人惭耻[③]。不但古贤吾不逮[④]，看眼前何限贤劳辈，空日费，官仓米。

附：陆种园先生一首

吊史阁部墓

孤冢狐穿罅[⑤]，对西风招魂剪纸，浇羹列鲊[⑥]。野老为言当日事，战火连天相射，夜未半层城欲下。一万横磨刀似雪，尽孤臣一死他何怕，气堪作，长虹挂。

难禁恨泪如铅泻，人道是衣冠葬所，音容难画。攲仄路傍松与柏[⑦]，日日行人系马，且一任樵苏尽打[⑧]。只有残碑留汉字，细摩挲不识谁题者，一半是，荒苔藉。

青玉案　宦况[⑨]

十年盖破黄䌷被，尽历遍、官滋味。雨过槐厅天似水，正宜

① 抽身：指放弃官位引退。

② 底事：何事，何以。

③ 惭耻：感到惭愧羞耻。

④ 不逮：不及，比不上。

⑤ 罅（xià）：缝隙。

⑥ 鲊（zhǎ）：腌制的鱼。

⑦ 攲仄：倾斜、歪斜。

⑧ 樵苏：指打柴割草的人。

⑨ 宦况：做官的情况。

泼茗[①]，正宜开酿，又是文书累。

坐曹一片吆呼碎[②]。衙子催人妆傀儡[③]，束吏平情然也未？酒阑烛跋[④]，漏寒风起，多少雄心退！

菩萨蛮　留春

留春不住由春去，春归毕竟归何处？明岁早些来[⑤]，烟花待剪裁。

雪消春又到，春到人偏老。切莫怨东风，东风正怨侬。

留　秋

留春不住留秋住，篱菊丛丛霜下护。佳节入重阳，持螯切嫩姜[⑥]。

江上山无数，何处登高去？松径小山头，夕阳新酒楼。

宿千科柳

渔家泊在清淮口[⑦]，西风稻熟千科柳[⑧]。茅店挂新红，酒旗青更浓[⑨]。

---

① 泼茗：煮茶。

② 坐曹：指官吏在衙门里办公。

③ 妆：妆扮。傀儡：受人操纵的人。

④ 阑：将要结束。烛跋：快要点完的蜡烛。

⑤ 明岁：明年。

⑥ 螯：螃蟹等节肢动物变形的第一对脚，形状像钳子。

⑦ 泊：停靠。清淮：清江与淮城的合称，即今江苏省淮安市。

⑧ 西风：西面吹来的风。多指秋风。千科柳：地名，镇江郊外。

⑨ 酒旗：即酒帘。酒店的标志。

买酒将鱼换，得酒船头转。岸上打场声[①]，渔歌水上清。

老兵

万里金风病骨秋[②]，创瘢血渍陇西头[③]，戍楼闲补破羊裘[④]。少壮爱传京国信，老年只话故乡愁，近来乡思也悠悠。

陇雨萧萧陇草长，夕阳惨淡下边墙，敌楼风起暮鸦翔。册上有名还点队，军中无事不归行，替人磨洗旧刀枪。

沁园春　恨

花亦无知，月亦无聊，酒亦无灵。把夭桃斫断[⑤]，煞他风景；鹦哥煮熟，佐我杯羹。焚砚烧书，椎琴裂画[⑥]，毁尽文章抹尽名。荥阳郑[⑦]，有慕歌家世，乞食风情。

单寒骨相难更，笑席帽青衫太瘦生[⑧]。看蓬门秋草，年年破巷；疏窗细雨，夜夜孤灯。难道天公，还箝恨口[⑨]，不许长吁一两

① 打场：把收割下来的谷物放在场院里脱粒的过程叫打场。

② 金风：秋风。

③ 创瘢：伤口留下的痕迹。陇西：甘肃省的别称。

④ 戍楼：边防驻军的瞭望楼。

⑤ 夭桃：指艳丽的桃花。斫断：砍断。

⑥ 椎：椎打。

⑦ 荥阳郑：指唐代传奇《李娃传》中的富贵子弟荥阳生。阳生在科考时偶遇妓女李娃，遂坠入情网，资金散尽后被弃，愤懑中以为葬家唱挽歌自给。一日被老仆认出领回家。其父因其行为有辱门风，重鞭笞后逐出家门，靠乞食活命。后李娃悔悟，竭力助阳生考取科第，使阳生成为显官。

⑧ 席帽：俗称大头巾。

⑨ 箝：同“钳”。夹住，钳制。

声？颠狂甚，取乌丝百幅[①]，细写凄清。

落　梅

小苑闲窗，细雨初晴，日射朱扉[②]。正疏梅几点，粉娇红姹；幽香满径，天淡云微。莫打游蜂，还邀绛蝶[③]，海燕今朝归不归？春如醉，甚东风恶劣[④]，碎搅花飞。

明知不怪风吹，奈不怨东风却怨谁[⑤]？且落英细扫[⑥]，藏诸砚匣；残枝一剪，供在书帷。昨夜三更，灯昏月淡，铁马檐前说是非[⑦]。全无谓，到飘零残褪，妒甚光辉！

西湖夜月有怀扬州旧游

飞镜悬空[⑧]，万叠秋山，一片晴湖。望远林灯火，乍明还灭；近堤人影，似有如无。马上提壶，沙边奏曲，芳草迷人卧莫扶。非无故，为青春不再，著意萧疏。

十年梦破江都[⑨]，奈梦里繁华费扫除。更红楼夜宴，千条绛

① 乌丝：印有黑线格的纸笺。
② 朱扉：朱红色的大门。
③ 绛：赤色，火红。
④ 甚：超过。
⑤ 奈：奈何。
⑥ 落英：落花。
⑦ 铁马：悬于屋檐下的铁片，风起则有声。
⑧ 飞镜：飞天湖镜，指月亮。
⑨ 江都：指扬州。

蜡[①]；彩船春泛，四座名姝[②]。醉后高歌，狂来痛哭，我辈多情有是夫。今宵月，问江南江北，风景何如？

踏莎行　无题

中表姻亲[③]，诗文情愫[④]，十年幼小娇相护。不须燕子引人行，画堂得到重重户[⑤]。

颠倒思量，朦胧劫数[⑥]，藕丝不断莲心苦。分明一见怕销魂，却愁不到销魂处。

虞美人　无题

盈盈十五人儿小，惯是将人恼[⑦]。撩他花下去围棋[⑧]，故意推他劲敌让他欺[⑨]。

而今春去花枝老，别馆斜阳早。还将旧态作娇痴[⑩]，也要数番怜惜忆当时。

---

① 绛蜡：红烛。

② 姝：美女。

③ 中表姻亲：指姑母、舅父、姨母的子女之间的姻亲关系。

④ 情愫：真实朴素的情感。

⑤ 画堂：华丽的堂舍。

⑥ 劫数：指天灾人祸等厄运。

⑦ 惯是：总是。

⑧ 撩：挑弄、引逗。

⑨ 劲敌：实力强大的敌人或对手。

⑩ 娇痴：天真可爱而不解事。

念奴娇　金陵怀古十二首

石头城

悬岩千尺，借欧刀吴斧[①]，削成江郭。千里金城回不尽，万里洪涛喷薄。王濬楼船[②]，旌麾直指[③]，风利何曾泊。船头列炬，等闲烧断铁索[④]。

而今春去秋来，一江烟雨，万点征鸿掠。叫尽六朝兴废事，叫断孝陵殿阁[⑤]。山色苍凉，江流悍急，潮打空城脚。数声渔笛，芦花风起作作。

周瑜宅

周郎年少，正雄姿历落，江东人杰。八十万军飞一炬，风卷滩前黄叶。楼橹云崩，旌旗电扫，熛射江流血[⑥]。咸阳三月，火光无此横绝。

想他豪竹哀丝，回头顾曲，虎帐谈兵歇。公瑾伯符天挺秀[⑦]，中道君臣惜别。吴蜀交疏[⑧]，炎刘鼎沸，老魅成奸黠[⑨]。至今遗恨，秦淮夜夜幽咽。

① 欧刀吴斧:《后汉书·虞诩传》:“宁卧欧刀，以示远近。”欧刀，行刑的刀。吴斧指吴刚砍桂树的斧。

② 王濬：西晋大将。为攻打吴国，大造舟舰。

③ 旌麾（jīng huī）：军旗。

④ 等闲：轻易、随便。

⑤ 孝陵：明太祖陵，在今南京市东北钟山南面，明初置卫守护。

⑥ 熛（biāo）：疾速。

⑦ 公瑾：即周瑜，字公瑾。三国时吴国军事将领。伯符：即孙策，字伯符。吴国君主孙权兄。

⑧ 交疏：关系变得冷淡。

⑨ 魅：旧时迷信以为物老则成魅。奸：邪恶诈伪的人。黠：聪慧；狡猾。

桃叶渡

桥低红板，正秦淮水长，绿杨飘撇。管领春风陪舞燕[①]，带露含凄惜别。烟软梨花，雨娇寒食[②]，芳草催时节。画船箫鼓，歌声缭绕空阔。

究竟桃叶桃根[③]，古今岂少，色艺称双绝。一缕红丝偏系左，闺阁几多埋灭。假使夷光[④]，苎萝终老[⑤]，谁道倾城哲。王郎一曲[⑥]，千秋艳说江楫。

劳劳亭

劳劳亭畔，被西风一夜，逼成衰柳。如线如丝无限恨，和雨和烟僝僽[⑦]。江上征帆，樽前别泪，眼底多情友。寸言不尽，斜阳脉脉凄瘦。

半生图利图名，闲中细算，十件长输九。跳尽猢狲妆尽戏，总被他家哄诱。马上旌笳[⑧]，街头乞叫，一样归乌有[⑨]。达将何乐[⑩]，穷更不若株守[⑪]。

---

① 管：乐器名。

② 寒食：节令名，清明前一日或二日。民俗于是日禁火冷食。

③ 桃叶：晋朝王献之爱妾，其妹名桃根。

④ 夷光：即西施，春秋越国美女。晋王嘉《拾遗记》卷三："越又有美女二人，一名夷光，一名脩明，以贡于吴。"

⑤ 苎萝（zhù luó）：相传西施出生于苎萝山，故以苎萝代指西施。

⑥ 王郎：指王献之。

⑦ 僝僽（chán zhòu）：排遣。

⑧ 旌：古代旗的通称。笳：中国古代北方民族的一种吹奏乐器，似笛。通常称"胡笳"。

⑨ 乌有：什么都没有。

⑩ 达：得到显要的地位。

⑪ 穷：处境恶劣。株守：固守，等待。

莫愁湖

鸳鸯二字，是红闺佳话，然乎否否？多少英雄儿女态，酿出祸胎冤薮[①]。前殿金莲，《后庭玉树》[②]，风雨催残骤。卢家何幸[③]，一歌一曲长久。

即今湖柳如烟，湖云似梦，湖浪浓于酒。山下藤萝飘翠带，隔水残霞舞袖。桃叶身微[④]，莫愁家小[⑤]，翻借词人口。风流何罪，无荣无辱无咎。

长干里

逶迤曲巷[⑥]，在春城斜角，绿杨阴里。赭白青黄墙砌石[⑦]，门映碧溪流水。细雨饧箫[⑧]，斜阳牧笛，一径穿桃李。风吹花落，落花风又吹起。

更兼处处缫车，家家社燕，江介风光美[⑨]。四月樱桃红满市，雪片鲥鱼刀鲚[⑩]。淮水秋青，钟山暮紫，老马耕闲地。一丘一壑，吾将终老于此。

台　城

秋之为气，正一番风雨，一番萧瑟。落日鸡鸣山下路，为问

① 冤薮：冤枉聚积之处。

②《后庭玉树》：即南朝陈后主陈叔宝的《玉树后庭花》。

③ 卢家：古乐府中相传有洛阳女子莫愁，嫁于豪富的卢氏夫家。

④ 桃叶：晋朝王献之爱妾。

⑤ 莫愁：古乐府中传说的女子。洛阳人，为卢家少妇。

⑥ 逶迤：弯弯曲曲。

⑦ 赭：红褐色。

⑧ 饧（táng）箫：卖糖人吹的箫。

⑨ 江介：江边，沿江一带。

⑩ 鲚（jì）：刀鱼。

台城旧迹。老蔓藏蛇，幽花溅血，坏堞零烟碧[①]。有人牧马，城头吹起觱栗[②]。

当初面代牺牲，食惟菜果，恪守沙门律[③]。何事饿来翻掘鼠，雀卵攀巢而吸？再曰“荷荷”[④]，趺跏竟逝[⑤]，得亦何妨失。酸心硬语，英雄泪在胸臆。

胭脂井

辘轳转转，把繁华旧梦，转归何许？只有青山围故国，黄叶西风菜圃。拾橡瑶阶[⑥]，打鱼宫沼，薄暮人归去。铜瓶百丈，哀音历历如诉。

过江咫尺迷楼[⑦]，宇文化及[⑧]，便是韩擒虎[⑨]。井底胭脂联臂出，问尔萧娘何处[⑩]？《清夜游》词，《后庭花》曲，唱彻江关女。词场本色，帝王家数然否？

高座寺

暮云明灭，望破楼隐隐，卧钟残院。院外青山千万叠，阶下

① 坏堞（dié）：毁坏的城墙。零：零碎、零散。

② 觱（bì）栗：簧管乐器。

③ 沙门：佛教指依照戒律出家修道的人。

④ 荷荷：怨恨声。

⑤ 趺跏：盘腿而坐。

⑥ 瑶阶：雕饰华丽，结构精巧的石阶。

⑦ 迷楼：隋炀帝时建造。炀帝曾云：“使真仙游其中，亦当自迷也。”故署名“迷楼”。

⑧ 宇文化及：隋炀帝时任右屯卫将军。618年发动兵变，杀死炀帝，立秦王杨浩。后又毒杀杨浩，自立为帝。次年，被窦建德擒杀。

⑨ 韩擒虎：隋大将，有胆略。因生俘陈后主有功，进位上柱国。

⑩ 萧娘：隋炀帝的皇后。据野史，炀帝曾夺宇文化及的爱妾沙夫人，宇文化及弑帝后，淫萧后以报复。

流泉清浅。鸦噪松廊，鼠翻经匣[①]，僧与孤云远。空梁蛇脱[②]，旧巢无复归燕。

可怜六代兴亡，生公宝志[③]，绝不关恩怨。手种菩提心剑戟，先堕释迦轮转。青史讥弹，传灯笑柄，枉作骑墙汉。恒沙无量[④]，人间劫数自短。

孝　陵[⑤]

东南王气，扫偏安旧习，江山整肃。老桧苍松盘寝殿[⑥]，夜夜蛟龙来宿。翁仲衣冠[⑦]，狮麟头角，静锁苔痕绿。斜阳断碣，几人系马而读。

闻说物换星移，神山风雨，夜半幽灵哭。不记当年开国日，元主泥人相簇[⑧]。蛋壳乾坤，丸泥世界，疾卷如风烛。老僧山畔，烹泉只取一掬[⑨]。

① 经匣：装经书的盒子。

② 蛇脱：指蛇脱下的皮。

③ 生公：南朝梁时僧，名竺道生。传说曾于虎丘寺讲经，人皆不信；后聚石为徒，宣讲至理，石皆点头，故世传："生公说法，顽石点头。"宝志：六朝时僧。齐武帝谓其惑众，关建康狱。至梁武帝，迎入宫内，甚见崇礼。

④ 恒沙："恒河沙数"的略称，《金刚经》中语。形容数量多到无法计算。

⑤ 孝陵：明太祖朱元璋的陵墓。

⑥ 寝殿：陵墓的正殿。

⑦ 翁仲：传说阮翁仲为秦代一丈三尺的巨人，秦始皇命他守边，匈奴人很怕他。他死后，秦始皇下令仿照其形状铸成铜人。后指铜像或石像，也专指墓前的石人。

⑧ 簇：聚集。

⑨ 烹泉：煮泉水。一掬：一捧。

方景两先生祠[①]

乾坤欹侧[②]，借豪英几辈，半空撑住。千古龙逄原不死[③]，七窍比干肺腑[④]。竹杖麻衣，朱袍白刃，朴拙为艰苦。信心而出，自家不解何故。

也知稷、契、皋、夔、闳、颠、散、适[⑤]，岳降维申甫[⑥]。彼自承平吾破裂，题目原非一路。十族全诛[⑦]，皮囊万段，魂魄雄而武。世间鼠辈，如何妆得老虎[⑧]！

弘 光

弘光建国[⑨]，是金莲《玉树》，后来狂客。草木山川何限痛，只解征歌选色。《燕子》衔笺，《春灯》说谜[⑩]，夜短嫌天窄。海云吩咐，五更拦住红日。

① 方：指方孝孺。明代建文年任侍讲学士。燕王朱棣起兵时，朝廷诏檄多出其手。燕兵入京（南京）后，因不肯为朱棣起草即位诏书而被杀，并夷十族（九族及方的学生），死者计八百余人。景：指景清。明代建文年任御史大夫。曾预与方孝孺等同殉国，未成。一日，景清衣绯怀刃入朝，被获，不屈而死。

② 欹侧：倾斜、歪斜。

③ 龙逄（páng）：即关龙逄，夏代末年贤臣。因多次忠谏夏桀王而被囚禁致死。

④ 比干：商代贵族，纣王叔父。因数次直谏商纣王而被杀，且剖视其心。

⑤ 稷、契、皋、夔：舜时的四位贤臣。闳（hóng）、颠、散、适：指闳夭、太颠、散宜生、南宫适，周武王时能治国平乱的四位大臣。

⑥ 申甫：指申伯、甫侯，周宣王时的重臣，相传是古四岳的后裔。

⑦ 十族全诛：方孝孺在“靖难之役”期间，拒绝为篡位的燕王朱棣草拟即位诏书，刚直不屈，孤忠赴难，被诛十族。景清在成祖即位后，想要在早朝时行刺成祖，被抓，搜出所藏刀刃，被杀，诛杀十族，株连其乡人。

⑧ 妆：打扮、扮演。

⑨ 弘光：南明福王朱由崧年号，公元1644—1645年。

⑩《燕子》衔笺句：指阮大铖所著传奇戏曲《燕子笺》和《春灯谜》。

更兼马、阮当朝[①]，高、刘作镇[②]，犬豕包巾帻[③]。卖尽江山犹恨少，只得东南半壁。国事兴亡，人家成败，运数谁逃得[④]！太平隆万[⑤]，此曹久已生出。

西江月　警世

细雨玲珑叶底，春风澹荡花心[⑥]；梦中做梦最怡情，蝴蝶引人入胜。

俗子几登青史[⑦]，英雄半在红尘；酒怀豪淡卧旗亭，满目苍山暮影。

世事无端冷淡[⑧]，老怀何处安排？美人头上插新梅，昨日花枝不戴。

粉蝶夸衣径去，黄莺吝舌先回；醉中丢我在尘埃，醒后也无瞅睬。

---

① 马：指马士英，字瑶草，贵州贵阳人，明末凤阳总督；南明弘光朝内阁首辅。阮：指阮大铖，字集之，安徽桐城人。明末政治人物、戏曲作家。明亡后在福王朱由崧的南朝申廷中官至兵部尚书、右副都御史，与马士英狼狈为奸，对东林、复社文人大加迫害。

② 高、刘：高指高杰，米脂人。与李自成同邑，同起为盗。刘指刘泽清，明末大将，曹县人。以将才授辽东守备，继加参将。以御敌功加官至副总兵，继为总兵官、左都督。

③ 巾帻：包发的头巾。

④ 运数：命数。

⑤ 隆：隆庆，明穆宗的年号。万：万历，明神宗的年号。

⑥ 澹：安静。

⑦ 俗子：指见识浅陋或鄙俗的人。青史：青指竹简，史指历史。后世即以青史作为史书的代称。

⑧ 无端：没有来由地、无缘无故地。

老子残书破帽，儿孙绿酒红裙；争春不肯让毫分，转眼西风一阵。

皓月当头最乐，疾雷破柱还惊[①]；世间多少梦和醒，惹得黄粱饭冷[②]。

唐多令　寄怀刘道士并示酒家徐郎

一抹晚天霞，微红透碧纱，颤西风凉叶些些[③]。正是客愁愁不稳，杨柳外，又惊鸦。

桃李别君家，霜凄菊已花，数归期雪满天涯[④]。吩咐河桥多酿酒，须留待，故人赊。

唐多令　思归

绝塞雁行天[⑤]，东吴鸭嘴船，走词场三十余年。少不如人今老矣，双白鬓，有谁怜？

官舍冷无烟，江南薄有田[⑥]，买青山不用青钱[⑦]。茅屋数间犹好在，秋水外，夕阳边。

---

① 破柱：劈开柱子。

② 黄粱：比喻不能实现的梦想。

③ 凉叶：秋天的树叶。

④ 数：一个一个地计算。

⑤ 绝塞：极远的边塞地区。

⑥ 薄：轻微，很少。

⑦ 青钱：以红铜五成，白铅四成一分半，黑铅六分半，锡二分四者配铸者，谓之青钱。

满江红　金陵怀古

淮水东头，问夜月何时是了。空照彻飘零宫殿[①]，凄凉华表[②]。才子总缘杯酒误，英雄只向棋盘闹。问几家输局几家赢，都秋草。

流不断，长江淼，拔不倒，钟山峭。剩古碑荒冢，淡鸦残照。碧叶伤心亡国柳，红墙堕泪南朝庙[③]。问孝陵松柏几多存[④]？年年少。

思　家

我梦扬州，便想到扬州梦我。第一是隋堤绿柳，不堪烟锁。潮打三更瓜步月[⑤]，雨荒十里红桥火[⑥]。更红鲜冷淡不成圆，樱桃颗。

何日向，江村躲；何日上，江楼卧。有诗人某某，酒人个个。花径不无新点缀，沙鸥颇有闲功课。将白头供作折腰人[⑦]，将毋左[⑧]。

---

① 飘零：衰败、破败的样子。

② 华表：古代设在桥梁、宫殿、城垣或陵墓等前面作为标志或装饰用的大柱。

③ 红墙：红色的墙。通常特指紫禁城的宫墙。

④ 孝陵：明太祖陵，在今南京市东北钟山南面。明初置卫守护。

⑤ 瓜步：地名，在江苏六合东南，有瓜步山，山下有瓜步镇。

⑥ 红桥：桥名，在江苏省扬州市。明崇祯时建，为扬州游览胜地之一。

⑦ 折腰：屈身事人。

⑧ 左：斜，偏，差错。

田家四时苦乐歌（过桥新格）

细雨轻雷，惊蛰后和风动土。正父老催人早作，东畬南圃[①]。夜月荷锄村犬吠，晨星叱犊山沉雾。到五更惊起是荒鸡，田家苦。

疏篱外，桃华灼[②]；池塘上，杨丝弱。渐茅檐日暖，小姑衣薄。春韭满园随意剪，腊醅半瓮邀人酌[③]。喜白头人醉白头扶，田家乐。

麦浪翻风，又早是秧针半吐[④]。看垄上鸣槔滑滑[⑤]，倾银泼乳。脱笠雨梳头顶发，耘苗汗滴禾根土。更养蚕忙煞采桑娘，田家苦。

风荡荡，摇新箬[⑥]；声淅淅，飘新箨[⑦]。正青蒲水面，红榴屋角。原上摘瓜童子笑[⑧]，池边濯足斜阳落[⑨]。晚风前个个说荒唐，田家乐。

云淡风高，送鸿雁一声凄楚。最怕是打场天气，秋阴秋雨。霜穗未储终岁食，县符已索逃租户。更爪牙常例急于官，田家苦。

---

① 畬（shē）：开垦过两年的田地。

② 灼：鲜明。

③ 腊醅（pēi）：腊月酿制的酒。

④ 秧针：初生的稻秧。

⑤ 槔（gāo）：指桔槔，原始的提水工具。

⑥ 箬（ruò）：一种竹子，叶大而宽，可编竹笠，又可用来包粽子。

⑦ 箨（tuò）：竹笋上一片一片的皮。

⑧ 原上：田地里。

⑨ 濯足：洗脚。

紫蟹熟，红菱剥；桄桔响，村歌作。听喧填社鼓，漫山动郭。挟瑟灵巫传吉兆，扶藜老子持康爵[①]。祝年年多似此丰穰，田家乐。

老树槎丫，撼四壁寒声正怒。扫不尽牛溲满地[②]，粪渣当户。茅舍日斜云酿雪，长堤路断风吹雨。尽村春夜火到天明，田家苦。

草为榻，芦为幕；土为铚[③]，瓢为杓。砍松枝带雪，烹葵煮藿[④]。秫酒酿成欢里舍，官租完了离城郭。笑山妻涂粉过新年，田家乐。

附：陆种园夫子一首

赠王正子

蓦地逢君[⑤]，且携手垆边细语[⑥]。说蜀栈十年烽火，万山鼙鼓[⑦]。枫叶满林愁客思，黄花遍地迷归路。叹他乡好景最无多，难常聚。

同是客，君尤苦；两人恨，凭谁诉？看囊中罄矣[⑧]，酒钱何

---

① 康爵：大酒器。

② 牛溲：牛尿。

③ 铚：瓦锅。

④ 葵、藿：豆类植物的叶子。

⑤ 蓦地：突然，意外。

⑥ 垆：旧时酒店里安放酒瓮的土台子。

⑦ 鼙（pì）鼓：中国古代军队中用的小鼓，汉以后亦名骑鼓。

⑧ 罄：尽。

处？吾辈无端寒至此，富儿何物肥如许！脱敝裘付与酒家娘[①]，摇头去。

玉女摇仙佩　寄呈慎郡王[②]

紫琼居士，天上神仙，来佐人间圣世。河献征书[③]，楚元设醴[④]，一种风流高致。论诗情字体，是王孟先驱，钟张后起[⑤]。岂屑屑丹青绘事[⑥]，已压倒董巨荆关数子[⑦]。羡一骑翩翩，肯访山中盘根仙李。（谓梅山李锴。）

我亦青玉烧灯，红牙顾曲，醉卧瑶台锦绮。一别朱门，六年山左，老作风尘俗吏。总折腰为米[⑧]，竟何曾小补民生国计。凭致书青廌林边[⑨]，（李氏庄园。）紫琼天上，诗文不是忙中事，举头遥望燕山翠。

有所感

绿杨深巷，人倚朱门，不是寻常模样。旋浣春衫[⑩]，薄梳云

---

① 敝裘：破旧的皮衣。

② 慎郡王：名胤禧，康熙第二十一子。清代宗室诗人。

③ 河献：即河间献王刘德，西汉景帝刘启子。

④ 楚元：即楚元王刘交，汉高祖刘邦同父少弟。

⑤ 钟张：钟指钟繇，三国时魏书法家。张指张芝，东汉书法家。

⑥ 屑屑：特意、着意的样子。

⑦ 董巨：董指董源，五代南唐画家。巨指巨然，五代南唐画僧。画史以“董巨”并称。荆关：荆指荆浩，五代后梁画家。关指关仝，五代画家。画史以“荆关”并称。

⑧ 折腰：屈身事人。

⑨ 青廌（zhì）：古代传说中的异兽，能辨是非曲直。

⑩ 浣：洗。

鬟，韵致十分娟朗[①]。向芳邻潜访，说自小青衣，人家厮养。又没个怜香惜媚，落在煮鹤烧琴魔障[②]。顿惹起闲愁，代他出脱千思万想。

究竟人谋空费，天意从来，不许名花擅长。屈指千秋，青袍红粉，多少飘零肮脏。且休论已往，试看予十载醋瓶齑盎[③]。凭寄语雪中兰蕙[④]，春将不远，人间留得娇无恙，明珠未必终尘壤。

酷相思　本意

杏花深院红如许，一线画墙拦住。叹人间咫尺千山路，不见也相思苦，便见也相思苦。

分明背地情千缕，翻□恼从教诉。奈花间乍遇言辞阻[⑤]，半句也何曾吐，一字也何曾吐！

水龙吟　寄噶将军归化城

十年不见丰仪，鬓须应向边庭老。李家部曲，程家刀斗，宽严两到[⑥]。瘦日偏多，淡云无着，凉风易扫。想锦裘貂障，三更雪

① 娟朗：秀丽、美好。

② 煮鹤烧琴：比喻糟蹋美好事物因而大煞风景之事。

③ 齑（jī）：捣碎的姜、蒜、韭菜等。

④ 兰蕙：兰和蕙，皆香草。多连用以喻贤者。

⑤ 乍遇：突然遭遇。

⑥ 李家部曲句：部曲是古代军队编制单位；刀（diāo）斗：是古代军中用具，白天用来做饭，晚上敲击巡更。《史记·李将军列传》记载：“程不识故与李广俱以边太守将军屯。及出击胡，而广行无部伍行陈，就善水草屯，舍止，人人自便，不击刀斗以自卫，莫府省约文书籍事，然亦远斥候，未尝遇害。程不识正部曲行伍营陈，击刀斗，士吏治军簿至明，军不得休息，然亦未尝遇害。”故板桥有“宽严两到”的赞语。

压，灯未灭，乡心照。

近世文章草草，把书生尽情谈笑。八股何益，六经犹在，如何推倒？柏举兴吴[①]，鄢陵破楚[②]，兵机最妙。寄东君满腹韬钤[③]，盲左亦须寻讨[④]。

满庭芳　赠郭方仪

白菜腌菹[⑤]，红盐煮豆，儒家风味孤清。破瓶残酒，乱插小桃英。莫负阳春十月[⑥]，且竹西村落闲行。平山上，岁寒松柏，霜里更青青。

乘除天下事，围棋一局，胜负难评。看金樽檀板[⑦]，豪辈纵横[⑧]。便是输他一著，又何曾著著让他赢！寒窗里，烹茶扫雪，一碗读书灯。

晚　景

秋水连天，寒鸦掠地，夕阳红透疏篱。草枯霜劲，飒飒叶声悲[⑨]。几点渔庄雁户，为风波钓艇都稀。关山远，征人何处，九月未成衣。

---

① 柏举：古地名，春秋楚地。

② 鄢陵：位于河南省中部，黄河南岸。

③ 韬钤（tāo qián）：古代兵书有《六韬》、《玉钤》，后称用兵谋略为韬钤。

④ 盲左：传说《左氏春秋》的作者是左丘明，而且左丘明是瞎子，所以叫他盲左。

⑤ 菹（zū）：腌菜。

⑥ 阳春：比喻清明盛世。

⑦ 金樽：酒器。檀板：简称板，乐器，因常用檀木制作而有檀板之名。

⑧ 豪辈：有成就的人。

⑨ 飒飒：风声。

柴扉无一事[①]，乾坤偌大，尽可容伊。但著书原错，学剑全非。漫把丝桐遣兴[②]，怕有人户外闻知。如相问，年来踪迹[③]，采药未曾归。

赠歌儿

玉笛声迟，琵琶索缓，几回欲唱还停。拈花微笑[④]，小立绣围屏。待把金樽相劝，又推辞宿酒还酲[⑤]。秋堂静，露华悄悄，银烛冷三更。

轻轻喉一转，未曾入破[⑥]，响迸秋星。又低声小叠，暗袅柔情[⑦]。试问青春几许，是莫愁未嫁芳龄。吾惭甚，髭黄鬓苦，未敢说销魂。

村　居

草绿如秧，秧青似草，棋盘画出春田。雨浓桑重，鸠妇唤晴烟[⑧]。江上斜桥古岸，挂酒旗林外翩翩。山城远，斜阳鼓角，雉堞暮云边[⑨]。

---

① 柴扉：柴门。亦指贫寒的家园。

② 丝桐：指琴。

③ 年来：近年以来或一年以来。

④ 拈花：摘花。

⑤ 酲（chéng）：酒醒后神志不清有如患病的感觉。

⑥ 入破：唐宋大曲中破段的第一遍。

⑦ 暗袅：形容声音绵延不绝。

⑧ 鸠妇：鸟名，即鹁鸠。

⑨ 雉（zhì）堞：泛指城墙。

老夫三十载，燕南赵北，涨海蛮天。喜归来故旧，情话依然。提起髫龄嬉戏[①]，有鸥盟未冷前言[②]。欣重见，携男抱幼，姻娅好相联[③]。

瑞鹤仙　渔家

风波江上起，系扁舟绿杨，红杏村里。羡渔娘风味，总不施脂粉，略加梳洗。野花插鬐，便胜似宝钗香珥。乍呼郎撒网鸣榔[④]，一棹水天无际。

美利[⑤]，蒲筐包蟹，竹笼装虾，柳条穿鲤。市城不远[⑥]，朝日去，午归矣。并携来一瓮谁家美酝，人与沙鸥同醉。卧苇花一片茫茫，夕阳千里。

酒　家

青旗江上酒，正细雨梨花，清明前后。虾螺杂鱼藕，况泥头旧瓮[⑦]，新开未久。清醇可口，尽醉倒渔翁樵叟[⑧]。向村墟归路微茫，人与夕阳薰透[⑨]。

① 髫（tiáo）龄：指童年。
② 鸥盟：谓与鸥鸟订盟同住在水云乡里。
③ 姻娅：亲家和连襟，泛指姻亲。
④ 乍：忽然，猝然。鸣榔：击船舷作声。
⑤ 美利：大利，丰厚的利益。
⑥ 市城：城市。
⑦ 泥头：指封酒坛口的泥巴。
⑧ 樵叟：打柴的人。
⑨ 薰透：温和的样子。

知否？世间穷达[1]，叶底荣枯[2]，卦中奇偶。何须计较，捧一盏，为君寿。愿先生一扫长安旧梦，来觅中山渴友[3]。解金貂付与当垆，从今脱手。

山　家

山深人迹少，渐石瘦松肥，云痴鹤老。茅斋嵌幽岛[4]，有花枝旁出，萝阴上罩。游鱼了了，潭水彻澄清寂照。啖林中春笋秋梨，当得灵芝仙草。

飘缈，五更日出，犬吠云中，鸡鸣天表[5]。篱笆西角，星未尽，月犹皎。问何年定访山中高士，阔领方袍大帽[6]。也不须服食黄精[7]，能闲便好。

田　家

江天春雨后，傍山下人家，野花如绣。平田大江口，喜潮来夜半，土膏浸透[8]。青秧绺绺[9]，埂岸上撒麻种豆。放小桥曲港春船，布谷烟中杨柳。

---

① 穷达：困顿与显达。

② 叶底：叶子。

③ 觅：寻找。

④ 茅斋：茅盖的屋舍。嵌：把东西填镶在空隙里。

⑤ 天表：天外。

⑥ 方袍：僧衣。

⑦ 黄精：草名，根状茎可入药。

⑧ 土膏：土壤。

⑨ 绺（liǔ）：量词，指一束理顺了的丝，线，须，发等。

株守[①]，最嫌吏扰，怕少官钱，惟知农友。匏樽瓦缶[②]，村酿熟，拉邻叟。每长吁稚女童孙长大，婚嫁也须成就[③]。到冬来新妇家家，情亲姑舅。

僧 家

茅庵欹欲倒，倩老树撑扶[④]，白云环绕。林深无客到，有涧底鸣泉，谷中幽鸟。清风来扫，扫落叶尽归炉灶。好闭门煨芋挑灯，灯尽芋香天晓。

非矫[⑤]，也亲贵胄[⑥]，也踏红尘，终归霞表。残衫破衲[⑦]，补不彻，缝不了。比世人少却几茎头发，省得许多烦恼。向佛前烧炷香儿，闲眠一觉。

官宦家

笙歌云外迥，正烛烂星明，花深夜永。朝霞楼阁冷，尚牡丹贪睡，鹦哥未醒。戟枝槐影[⑧]，立多少金龟玉笋[⑨]。霎时间雾散云消，门外雀罗张径[⑩]。

---

① 株守：死守不放。

② 匏樽（páo zūn）：酒杯。瓦缶：小口大腹的瓦器。

③ 成就：造就、成全。

④ 倩：借助。

⑤ 矫：比喻纠正偏邪。

⑥ 贵胄：贵族。

⑦ 衲：衣服。

⑧ 戟枝槐影：借指显贵的人家及地位。

⑨ 金龟玉笋：借指达官贵人及名士。

⑩ 雀罗：捕雀的网罗。常用以形容门庭冷落。

猛省，燕衔春去，雁带秋来，霜催雪紧。几家寒冻，又逼出，梅花信。羡天公何限乘除消息，不是一家悭定[①]。任凭他铁铸铜镌，终成画饼[②]。

帝王家

山河同敝屣[③]，羡废子传贤，陶唐妙理[④]。禹汤无算计[⑤]，把乾坤重担，儿孙挑起。千祀万祀，淘多少英雄闲气。到如今故纸纷纷，何限秦头楚尾。

休倚[⑥]，几家宦寺[⑦]，几遍藩王，几回戚里[⑧]。东扶西倒，偏重处，成乖戾[⑨]。待他年一片宫墙瓦砾，荷叶乱翻秋水。剩野人破舫斜阳，闲收菰米[⑩]。

道情十首

枫叶芦花并客舟，烟波江上使人愁；劝君更尽一杯酒，昨日少年今白头。自家板桥道人是也。我先世元和公公，流

① 悭定：缺少坚定。

② 画饼：即画饼充饥，指用空想来安慰自己或欺骗别人。

③ 敝屣：指破鞋子，比喻没有价值的东西。

④ 陶唐：指帝尧。尧初定居陶丘，故称陶唐。

⑤ 禹汤：指夏禹和商汤。后视为贤明君主的典范。

⑥ 倚：通“矣”。

⑦ 宦寺：宦官。

⑧ 戚里：指帝王的姻戚。

⑨ 乖戾：乖张。

⑩ 菰米（gū mǐ）：菰之实。一名雕胡米，古以为六谷之一。

落人间，教歌度曲。我如今也谱得《道情十首》[1]，无非唤醒痴聋，消除烦恼。每到山青水绿之处，聊以自遣自歌。若遇争名夺利之场，正好觉人觉世。这也是风流世业，措大生涯[2]。不免将来请教诸公，以当一笑。

老渔翁，一钓竿，靠山崖，傍水湾，扁舟来往无牵绊。沙鸥点点轻波远，荻港萧萧白昼寒，高歌一曲斜阳晚。一霎时波摇金影，蓦抬头月上东山[3]。

老樵夫，自砍柴，捆青松，夹绿槐，茫茫野草秋山外。丰碑是处成荒冢[4]，华表千寻卧碧苔，坟前石马磨刀坏。倒不如闲钱沽酒，醉醺醺山径归来。

老头陀，古庙中，自烧香，自打钟，兔葵燕麦闲斋供[5]。山门破落无关锁，斜日苍黄有乱松，秋星闪烁颓垣缝。黑漆漆蒲团打坐，夜烧茶炉火通红。

水田衣，老道人，背葫芦，戴袱巾[5]，棕鞋布袜相厮称。修琴卖药般般会，捉鬼拿妖件件能，白云红叶归山径。闻说道悬岩结屋，却教人何处相寻？

老书生，白屋中，说黄虞[7]，道古风，许多后辈高科中。门前

① 道情：民间说唱文艺的一个类别。

② 措大：指贫寒失意的读书人。

③ 蓦：突然。

④ 荒冢：荒坟。

⑤ 兔葵燕麦：形容景象荒凉。

⑥ 袱巾：指一种用来包头的头巾。

⑦ 黄虞：黄帝、虞舜的合称。

仆从雄如虎，陌上旌旗去似龙，一朝势落成春梦。倒不如蓬门僻巷，教几个小小蒙童。

尽风流，小乞儿，数莲花，唱竹枝，千门打鼓沿街市。桥边日出犹酣睡，山外斜阳已早归，残杯冷炙饶滋味[①]。醉倒在回廊古庙，一凭他雨打风吹。

掩柴扉，怕出头，剪西风，菊径秋，看看又是重阳后。几行衰草迷山郭，一片残阳下酒楼，栖鸦点上萧萧柳。撮几句盲辞瞎话[②]，交还他铁板歌喉。

邈唐虞[③]，远夏殷，卷宗周，入暴秦，争雄七国相兼并。文章两汉空陈迹，金粉南朝总废尘，李唐赵宋慌忙尽。最可叹龙盘虎踞，尽销磨《燕子》《春灯》[④]。

吊龙逢，哭比干，羡庄周，拜老聃，未央宫里王孙惨[⑤]。南来薏苡徒兴谤[⑥]，七尺珊瑚只自残[⑦]。孔明枉作那英雄汉，早知道茅庐高卧，省多少六出祁山。

---

① 冷炙：已凉的饭菜；剩余的饭菜。

② 撮：取，摘取。

③ 唐虞：唐尧与虞舜的并称。亦指尧与舜的时代，古人以为太平盛世。

④《燕子》《春灯》：是明末阮大铖的《燕子笺》、《春灯谜》两部作品。

⑤ 龙逢：指关龙逄，夏朝末年大臣，他为官正派，刚直不阿，敢于犯颜直谏，因此被誉为“死谏开先第一人”；比干：比干是殷帝丁的次子，帝乙的弟弟，帝辛（即纣王）的叔父，官少师（丞相）；庄周：即庄子，是先秦（战国）时期伟大的思想家、哲学家和文学家。是道家学说的主要创始人；老聃：我国古代伟大的哲学家和思想家、道家学派创始人老子。未央宫：西汉皇宫。

⑥ 薏苡（yì yǐ）兴谤：寓东汉时马援蒙冤被谤事。比喻被人诬陷，蒙受冤屈。

⑦ 珊瑚只自残：寓西晋时石崇与王恺争豪斗富事。

拨琵琶，续续弹，唤庸愚[①]，警懦顽[②]，四条弦上多哀怨。黄沙白草无人迹，古戍寒云乱鸟还，虞罗惯打孤飞雁。收拾起渔樵事业，任从他风雪关山。

风流家世元和老，旧曲翻新调；扯碎状元袍，脱却乌纱帽，俺唱这道情儿归山去了。

是曲作于雍正七年，屡抹屡更。至乾隆八年，乃付诸梓。刻者司徒文膏也。

① 庸愚：指庸下愚昧之人。

② 懦顽：懦弱，顽固。

题画卷

题画兰

昔游天目山，与老僧坐密室中，闻幽兰香，不知所出。僧即开小窗，见矫壁千尺，皆芳兰披拂，而下又有枯树根，怪丑坏烂，兰亦寄生其上，如虬龙勃怒[①]，髻鬣皆张[②]，实异境也。省堂老伯游湘楚中，所见必多，此种惜不得人为之图写耳。

余种兰数十盆，三春告暮，皆有憔悴思归之色。因移植于太湖石、黄石之间，山之阴，石之缝，既已避日，又就燥，对吾堂亦不恶也[③]。来年忽发箭数十[④]，挺然直上，香味坚厚而远。又一年更茂。乃知物亦各有本性。赠以诗曰：兰花本是山中草，还向山中种此花；尘世纷纷植盆盎[⑤]，不如留与伴烟霞。又云：山中兰草乱如蓬，叶暖花酣气候浓[⑥]；出谷送香非不远，那能送到俗尘中？此假山耳，尚如此，况真山乎！余画此幅，花皆出叶上，极肥而劲[⑦]。盖山中之兰，非盆中之兰也。

东坡画兰，长带荆棘，见君子能容小人也。吾谓荆棘不当尽

---

① 虬龙：比喻盘曲的枝叶。

② 髻鬣（qí liè）：兽畜的鬃毛。

③ 恶：讨厌、嫌弃。

④ 发箭：指兰花长出的花箭。

⑤ 盎：盛，充盈。

⑥ 花酣：花开得正旺。

⑦ 劲：遒劲有力。

以小人目之[①]，如国之爪牙，王之虎臣，自不可废。兰在深山，已无尘嚣之扰；而鼠将食之，鹿将龈[②]之，豕将豚之，熊、虎、豺、麝、兔、狐之属将啮之，又有樵人将拔之割之。若得棘刺为之护撼，其害斯远矣。秦筑长城，秦之棘篱也。汉有韩、彭、英[③]，汉之棘卫也；三人既诛，汉高过沛，遂有安得猛士守四方之慨。然则蒺藜、铁蒺角、鹿角、棘刺之设，安可少哉？予画此幅，山上山下皆兰棘相参，而兰得十之六，棘亦居十之四。画毕而叹，盖不胜幽并十六州之痛，南北宋之悲耳！以无棘刺故也。

满幅皆君子，其后以棘刺终之，何也？盖君子能容纳小人，无小人亦不能成君子。故棘中之兰，其花更硕茂矣。石桥老哥，君子也。持此意以处京畿[④]，无往不利。千里之外，无所赠寄，姑以此为压缄之物耳[⑤]。

杭州金寿门[⑥]题墨兰诗云："苦被春风勾引出，和葱和蒜卖街头。"盖伤时不遇，又不能决然自引去也。芸亭年兄索余画[⑦]，并索题寿门句。使当事尽如公等爱才，寿门何得出此恨句？

扬州豪家求余画兰，题曰：写来兰叶并无花，写出花枝没叶

① 目：看作。

② 龈（kěn）：咬。

③ 韩、彭、英：指汉初诸侯王韩信、彭越、英布。韩、彭因谋反被杀，英布因举兵反，被诱杀。

④ 京畿：京城附近的地方。

⑤ 压缄：放到书信里。

⑥ 金寿门：名农，清代书画家。

⑦ 芸亭年兄：即郭伟勤，字芸亭，是康熙时饶州太守郭一璐的后人。

遮。我辈何能购全局，也须合拢作生涯。金寿门见而爱之，即以为赠。题曰：昨宵神女降云峰，折得花枝洒碧空。世上凡根与凡叶，岂能安顿在其中？以寿门诗文绝俗也。

画盆兰送范县杨典史谢病归杭州。题曰：兰花不合到山东，谁识幽芳动远空？画个盆儿载回去，栽他南北两高峰。后被好事者攫去[①]，杨甚愠之。又十余年，余过杭，而杨公已下世久矣。其子孙述故，乞更画一幅补之。既题前作，又系一诗曰：相思无计托花魂，飘人西湖叩墓门；为道老夫重展笔，依然兰子又兰孙。

石涛画兰不似兰[②]，盖其化也[③]；板桥画兰酷似兰，犹未化也。盖将以吾之似，学古人之不似，嘻，难言矣。

僧白丁画兰[④]，浑化无痕迹。万里云南，远莫能致，付之想梦而已。闻其作画，不令人见，画毕，微干，用水喷噀[⑤]，其细如雾，笔墨之痕，因兹化去。彼恐贻讥[⑥]，故闭户自为，不知吾正以此服其妙才妙想也。口之噀水，与笔之蘸水何异？亦何非水墨之妙乎！石涛和尚客吾扬州数十年，见其兰幅，极多亦极妙。学一半，撇一半，未尝全学；非不欲全，实不能全，亦不必全也。诗曰：十分学七要抛三，各有灵苗各自探[⑦]；当面石涛还不学，何能

① 攫去：夺去。

② 石涛：清初画家。擅长山水画。

③ 化：改变。

④ 白丁：字过峰，又字行民，清雍乾时僧人。善画兰。

⑤ 噀（xùn）：用口喷水。

⑥ 贻讥：招致讥笑责骂。

⑦ 灵苗：比喻反应最灵敏的部位。

万里学云南？

予作兰有年，大率以陈古白先生为法[①]。及来扬州，见石涛和尚墨花，横绝一时，心善之而弗学，谓其过纵，与之自不同路。又见颜君尊五，笔极活，墨极秀，不求异奇，自有一种新气。又有友人陈松亭，秀劲拔俗，矫然自名其家，遂欲仿之。兹所飘撇，其在颜、陈之间乎，然要不知似不似也。

盆是半藏，兰是半含；不求发泄[②]，不畏凋残。

题半盆兰蕊图

兰草写三台，无人敢笔栽。取得新奇法，墨香吹出来。

风虽狂，叶不扬；品既雅，花亦香。问是谁与友，是我郑大郎。友他在空谷，不喜见炎凉[③]。愿吾后嗣子，婚媾结如兰。

写得芝兰满幅春，傍添几笔乱荆榛。世间美恶俱容纳，想见温馨淡远人。

题芝兰棘刺图

春雨春风写妙颜，幽情逸韵落人间[④]；而今究竟无知己，打破

① 大率：大多。陈古白：名元素，字古白。明代书画家。

② 发泄：茁壮地成长。

③ 炎凉：热和冷，比喻对待地位不同的人或者亲热，或者冷淡的不同态度。

④ 逸韵：高逸的风韵。

乌盆更入山。

——题破盆兰花图

不容荆棘不成兰，外道天魔冷眼看；门径有芳还有秽，始知佛法浩漫漫。

——为侣松上人画荆棘兰花

屈宋文章草木高，千秋兰谱压风骚。如何烂贱从人卖，十字街头论担挑！

峭壁垂兰万箭多，山根碧蕊亦婀娜[1]。天公雨露无私意，分别高低世为何？

此是幽贞一种花，不求闻达只烟霞。采樵或恐通来径[2]，更写高山一片遮。

山中觅觅复寻寻，觅得红心与素心：欲寄一枝嗟远道，露寒香冷到如今。

——画兰寄呈紫琼崖道人

惟君心地有芝兰，种得芝兰十顷宽。尘世纷纷谁识得，老夫

① 婀娜：柔软而美好。

② 采樵：打柴。

拈出与人看。

万里关河异暑寒，纷纷灌溉反摧残；不如归去匡庐阜[1]，吩咐诸花莫出山。

——画盆兰劝无方上人南归

山顶兰花早早开，山腰小箭尚含胎[2]；画工立意教停蓄，何苦东风好作媒。

——题峭壁兰花图

多画春风不值钱，一枝青玉半枝妍[3]。山中旭日林中鸟，衔出相思二月天。

——题折枝兰

晓风含露不曾干，谁插晶瓶一箭兰。好似杨妃新浴罢，薄罗裙系怯君看。

——题折枝兰

春兰未了夏兰开，画里分明唤阿呆[4]；阅尽荣枯是盆盎，几回拔去几回栽。

——题盆兰倚蕙图

① 匡庐：指江西庐山。

② 含胎：含苞。

③ 妍：美丽。

④ 阿呆：傻子。

题画竹

余家有茅屋二间，南面种竹。夏日新篁初放[①]，绿阴照人，置一小榻其中，甚凉适也。秋冬之际，取围屏骨子，断去两头，横安以为窗棂，用匀薄洁白之纸糊之。风和日暖，冻蝇触窗纸上，冬冬作小鼓声。于时一片竹影零乱，岂非天然图画乎！凡吾画竹，无所师承，多得于纸窗粉壁日光月影中耳。

昨游江上，见修竹数千株，其中有茅屋，有棋声，有茶烟飘扬而出，心窃乐之。次日过访其家，见琴书几席，净好无尘，作一片豆绿色，盖竹光相射故也。静坐许久，从竹缝中向外而窥，见青山大江，风帆渔艇，又有苇洲，有耕犁，有馌妇[②]，有二小儿戏子沙上，犬立岸傍，如相守者，直是小李将军画意[③]，悬挂于竹枝竹叶间也。由外望内，是一种境地；由中望外，又是一种境地。学者诚能八面玲珑，千古文章之道，不出于是，岂独画乎？

茅屋一间，新篁数干，雪白纸窗，微侵绿色。此时独坐其中，一盏雨前茶，一方端砚石，一张宣州纸，几笔折枝花，朋友来至，风声竹响，愈喧愈静；家僮扫地，侍女焚香，往来竹阴中，清光映于画上，绝可怜爱。何必十二金钗，梨园百辈[④]，须置

---

① 新篁：新竹子。

② 馌（yè）妇：往田野送饭的妇人。

③ 小李将军唐高宗时，宗室画家李思训，受封为右武卫将军，人称大李将军，他儿子李昭道曾任扬州大都督府参军，人称小李将军。

④ 梨园：戏院。

身于清风静响中也。

余画大幅竹好画水，水与竹，性相近也。少陵云[①]："懒性从来水竹居。"又曰："映竹水穿沙。"此非明证乎！渭川千亩[②]，淇泉绿竹。西北且然，况潇湘云梦之间[③]，洞庭青草之外[④]，何在非水，何在非竹也！余少时读书真州之毛家桥[⑤]，日在竹中闲步。潮去则湿泥软沙，潮来则溶溶漾漾[⑥]，水浅沙明，绿阴澄鲜可爱。时有鯈鱼数十头[⑦]，自池中溢出，游戏于竹根短草之间，与余乐也。未赋一诗，心常痒痒。今乃补之曰：风晴日午千林竹，野水穿林入林腹。绝无波浪自生纹，时有轻鯈戏相逐。日影天光暂一开，青枝碧叶还遮覆。老夫爱此饮一掬[⑧]，心肺寒僵变成绿。展纸挥毫为巨幅，十丈长笺三斗墨。日短夜长继以烛，夜半如闻风声、竹声、水声秋肃肃[⑨]。

文与可墨竹诗云[⑩]："拟将一段鹅溪绢，扫取寒梢万尺长。"梅

① 少陵：指唐代著名诗人杜甫。

② 渭川千亩：竹子很繁茂。

③ 潇湘：湘江与潇水的并称。

④ 洞庭：即洞庭湖。

⑤ 真州：位于江苏省仪征市。

⑥ 溶溶漾漾：清波荡漾。

⑦ 鯈（tiáo）鱼：也称白鲦。

⑧ 一掬：一捧。

⑨ 肃肃：萧瑟、清冷。

⑩ 文与可：名同，字与可。北宋画家。

道人云[①]："我亦有亭深竹里，也思归去听秋声。"皆诗意清绝，不独以画传也。不独以画传而画益传。燮既不能诗，又不能画，然亦勉题数语：雷停雨止斜阳出，一片新篁旋剪裁[②]；影落碧纱窗子上，便拈毫素写将来。言尽意穷，有惭前哲。

小院茅堂近郭门，科头竟日拥山尊[③]。夜来叶上萧萧雨，窗外新栽竹数根。燮常以此题画，而非我诗也。吾师陆种园先生好写此诗，而亦非先生之作也。想前贤有此，未考厥姓名耳[④]。特注明于此，以为吾曹攘善之戒[⑤]。

昨在西湖，过六桥，入小有天园，上南屏山，丛篁密篆，嵌岩充谷，牵衣挽裾，满身皆湿翠也。归而绘其意，并题诗曰：昨自西湖烂醉归，满身细竹乱牵衣，回舟已下金沙港，翘首清风在翠微[⑥]。

文与可画竹，胸有成竹；郑板桥画竹，胸无成竹。浓淡疏密，短长肥瘦，随手写去，自尔成局，其神理具足也。藐兹后学[⑦]，何敢妄拟前贤。然有成竹无成竹，其实只是一个道理。

---

① 梅道人：即吴镇，号梅花道人。元代画家。

② 新篁：新竹子。

③ 科头：指不戴帽子，不裹巾帻。

④ 厥：其他的。

⑤ 攘善：掠美之意。

⑥ 翠微：指青翠的山。

⑦ 藐：轻视。

江馆清秋，晨起看竹，烟光日影露气，皆浮动于疏枝密叶之间。胸中勃勃，遂有画意。其实胸中之竹，并不是眼中之竹也。因而磨墨展纸，落笔倏作变相[①]，手中之竹，又不是胸中之竹也。总之，意在笔先者，定则也；趣在法外者，化机也[②]。独画云乎哉？

与可画竹，鲁直不画竹[③]，然观其书法，罔非竹也[④]。瘦而腴[⑤]，秀而拔；欹侧而有准绳，折转而多断续。吾师乎！吾师乎！其吾竹之清癯雅脱乎！书法有行款，竹更要行款；书法有浓淡，竹更要浓淡；书法有疏密，竹更要疏密。此幅奉赠常君西北。西北善画不画，而以画之关纽，透入于书。燮又以书之关纽，透入于画。吾两人当相视而笑也。与可、山谷亦当首肯。

徐文长先生画雪竹[⑥]，纯以瘦笔、破笔、燥笔、断笔为之，绝不类竹；然后以淡墨水钩染而出，枝间叶上，罔非雪积，竹之全体，在隐跃间矣。今人画浓枝大叶，略无破阙处，再加渲染，则

---

① 倏：突然。

② 化机：运笔变化的契机。

③ 与可：即文与可，北宋仁宗时期著名的画家，文同，字与可，四川省梓潼县人。他与苏轼是表兄弟，曾任洋州（今陕西洋县）知州。鲁直：即黄庭坚，字鲁直，自号山谷道人。北宋书法家、文学家。

④ 罔：无，没有。

⑤ 腴：丰满。

⑥ 徐文长：名渭，明代文学家、书画家。

雪与竹两不相人，成何画法？此亦小小匠心，尚不肯刻苦，安望其穷微索渺乎[①]！问其故，则曰：吾辈写意，原不拘拘于此。殊不知写意二字，误多少事。欺人瞒自己，再不求进，皆坐此病。必极工而后能写意，非不工而遂能写意也。

石涛画竹，好野战，略无纪律，而纪律自在其中。燮为江君颖长作此大幅，极力仿之。横涂竖抹，要自笔笔在法中，未能一笔逾于法外。甚矣，石公之不可及也！功夫气候，僭差一点不得[②]。鲁男子云[③]："唯柳下惠则可，我则不可；将以我之不可，学柳下惠之可。"余于石公亦云。

画大幅竹，人以为难，吾以为易。每日只画一竿，至完至足，须五七日画五七竿，皆离立完好。然后以淡竹、小竹、碎竹经纬其间。或疏或密，或浓或淡，或长或短，或肥或瘦，随意缓急，便构成大局矣。昔萧相国何造未央宫[④]，先立东阙、北阙、前殿、武库、太仓，然后以别殿、内殿、寝殿、宫室、左右廊庑、东西永巷经纬之，便尔千门万户。总是先立其大，则其小者易易耳[⑤]。一丘一壑之经营，小草小花之渲染，亦有难处；大起造、大

---

① 穷微索渺：精微要妙；幽微杳远。

② 僭差：差错。

③ 鲁男子：春秋时鲁国人颜叔子独居一室，一天，一位女子要求投宿，颜叔子整夜点着蜡烛火把照明以避嫌，时人称他为"鲁男子"。

④ 萧相国：指西汉开国功臣之一的萧何。

⑤ 易易：容易。

挥写，亦有易处，要在人之意境何如耳。

始余画竹，能少而不能多，既而能多矣，又不能少，此层功力，最为难也。近六十外，始知减枝减叶之法。苏季子曰[①]："简炼以为揣摩。"文章绘事，岂有二道！此幅似得简字诀。

画有在纸中者，有在纸外者。此番竹竿多于竹叶，其摇风弄雨，含露吐雾者，皆隐跃于纸外乎！然纸中如抽碧玉，如削青琅玕[②]，风来戛击之声[③]，铿然而文，锵然而亮，亦足以散怀而破寂。纸中之画，正复清于纸外也。

未画以前，胸中无一竹，既画以后，胸中不留一竹。方其画时，如阴阳二气，挺然怒生，抽而为笋为篁，散而为枝，展而为叶，实莫知其然而然。韩幹画御马[④]，云："天厩中十万匹，皆吾师也。"予客居天宁寺西杏园，亦曰："后园竹十万个，皆吾师也，复何师乎？"

扬州汪士慎[⑤]，字近人，妙写竹。曾作两枝，并瘦石一块，索杭州金农寿门题咏。金振笔而书二十八字，其后十四字云："清瘦

① 苏季子：名秦，字季子，战国时人。

② 琅玕（láng gān）：指竹。

③ 戛击：敲击。

④ 韩幹：唐代画马名家。

⑤ 汪士慎：清代画家，扬州八怪之一。字近人，号巢林。

两竿如削玉，首阳山下立夷齐。”自古今题竹以来，从未有用孤竹君事者，盖自寿门始。寿门愈不得志，诗愈奇，人亦何必汩富贵以自取陋[①]！

吾邑善画竹者，以禹鸿胪为最[②]，而渔庄尚友次之。禹竹称于上都，渔庄之名遍于湘楚，皆童而习之，老而入妙。予不逮二公远甚[③]。今年七十有一，不学他技，不宗一家，学之五十年不辍，亦非首而已也。翔高老长兄四十初度[④]，索予写竹为寿，且曰：宁乱毋整，当使天趣淋漓，烟云满幅，此真知画意者也。予既出机轴，亦复远追禹、尚二公遗笔。是不独郑竹，并可谓之尚竹、禹竹，合是三家，以为华封人之三祝[⑤]，有何不可！

神龙见首不见尾。竹，龙种也；画其根，藏其末，其犹龙之义乎！

短节古干，如地下之鞭，忽飞腾于地上。然则地上之竹，独不可以飞腾于天上耶？高卑固无一定也。

---

① 汩：沉迷。陋：指知识浅薄。

② 禹鸿胪：名之鼎，字尚吉，号慎斋。清代画家。

③ 逮：到，及。

④ 翔高：即高翔，字凤冈，号犀堂。清代画家。

⑤ 华封三祝：祝颂之词。传说尧游华州时，当地守封疆的人祝他“多福，多寿，多男子”。

一竿瘦，两竿够，三竿凑，四竿救。

——题四竿竹

竹中有竹，竹外有竹。渭川千亩，此为巨族。

忽焉而淡①，忽焉而浓。究其胸次，万象皆空。

种竹种竹，毫无尘俗。依依在牖②，秋风四入。

不是春风，不是秋风；新篁初放③，在夏月中。能驱吾暑，能豁吾胸。君子之德，大王之雄。

一节复一节，千枝攒万叶：我自不开花，免撩蜂与蝶。

敢云少少许，胜人多多许；努力作秋声，瑶窗弄风雨④。

——一枝竹十五片叶呈七太守

莫漫锄荆棘，由他与竹高。《西铭》原有说⑤，万物总同胞。

① 忽焉：忽然。

② 牖（yǒu）：窗户。

③ 新篁：新竹子。

④ 瑶窗：用玉装饰的窗，也泛指美丽的窗子。

⑤《西铭》：北宋哲学家张载著。

不过数片叶，满纸混是节。万物要见根，非徒观半截。风雨不能摇，雪霜颇能涉。纸外更相寻，干云上天阙。

一两三枝竹竿，四五六片竹叶，自然淡淡疏疏，何必重重叠叠？

偶学云林石法[①]，遂摹与可新篁。一片青葱气色，居然雨过斜阳。

一片绿阴如洗，护竹何劳荆杞？仍将竹作笆篱，求人不如求己。

——题篱竹

衙斋卧听萧萧竹，疑是民间疾苦声，些小吾曹州县吏，一枝一叶总关情。

——潍县署中画竹呈年伯包大中丞括

秋风昨夜渡潇湘，触石穿林惯作狂，惟有竹枝浑不怕，挺然相斗一千场。

两枝高干无多叶，几许柔篁大有柯。若论经霜抵风雪。是谁

① 云林：即倪瓒，字元镇，号云林等。元代画家。

挺直又婆娑[①]。

一阵狂风倒卷来，竹枝翻回向天开。扫云扫雾真吾事，岂屑区区扫地埃[②]。

乌纱掷去不为官，囊橐萧萧两袖寒[③]；写取一枝清瘦竹，秋风江上作渔竿。

——予告归里，画竹别潍县绅士民

宦海归来两袖空，逢人卖竹画清风。还愁口说无凭据，暗里赃私遍鲁东[④]。板桥老人郑燮自赞又自嘲也。

我被微官困煞人，到君园馆长精神。请看一片萧萧竹，画里阶前总绝尘。

一枝瘦竹何曾少，十亩丛篁未是多，勘破世间多寡数[⑤]，水边沙石见恒河。

① 婆娑：枝叶扶疏的样子。

② 屑：介意。

③ 囊橐：口袋。

④ 赃私：贪赃枉法。

⑤ 勘破：看破。

春雷一夜打新篁，解箨抽梢万尺长[1]；最爱白方窗纸破，乱穿青影照禅床。

——为无方上人写竹

缩写修篁小扇中，一般落落有清风。墙东便是行庵竹，长向君家学化工。

——为马秋玉画扇

南北东西四面吹，此君淡若不闻知。雨晴风定亭亭立，一种清光是羽仪。

疏疏密密复亭亭，小院幽篁一片青。最是晚风藤榻上，满身凉露一天星。

二十年前载酒瓶，春风倚醉竹西亭；而今再种扬州竹，依旧淮南一片青。

——初返扬州画竹第一幅

年年画竹买清风，买得清风价便松，高雅要多钱要少，大都付与酒家翁。

---

① 箨（tuò）：竹笋外层一片一片地皮、笋壳。

两枝修竹过墙来，多谢邻家为我栽。君若未忘虚竹好，请来粗茗两三杯[①]。

江南鲜笋趁鲥鱼[②]，烂煮春风三月初；吩咐厨人休斫尽[③]，清光留此照摊书。

——题笋竹

竹里秋风应更多，打窗敲户影婆娑。老夫不肯删除去，留与三更警睡魔。

减之又减无多叶，添又加添著几枝。爱竹总如教子弟，数番剪削又扶持。

山谷写字如画竹[④]，东坡画竹如写字。不比寻常翰墨间，萧疏各有凌云意。

四十年来画竹枝，日间挥写夜间思。冗繁削尽留清瘦[⑤]，画到生时是熟时。

---

① 粗茗：粗茶。

② 鲥鱼：俗称迟鱼，属辐鳍鱼纲鲱形目、鲱科、鲥属。

③ 斫尽：砍尽。

④ 山谷：即黄庭坚，字鲁直，自号山谷道人。北宋书法家、文学家。

⑤ 冗繁：烦琐。

信手拈来都是竹，乱叶交枝戛寒玉[①]。却笑洋州文太守，早向从前构成局。我有胸中十万竿，一时飞作淋漓墨；为凤为龙上九天，染遍云霞看新绿。

湘娥夜抱湘云哭[②]，杜宇鹧鸪泪相逐[③]。丛篁密篆遍抽薪，碎剪春愁满江绿。赤龙卖尽潇湘水，衡山夜烧连天紫。洞庭湖渴莽尘沙，惟有竹枝干不死。竹梢露滴苍梧君，竹根竹节盘秋坟。巫娥乱入襄王梦[④]，不值一钱为贱云。

——为黄陵庙女道士画竹

题画石

米元章论石[⑤]，曰瘦、曰绉、曰漏、曰透，可谓尽石之妙矣。东坡又曰："石文而丑。"一丑字则石之千态万状，皆从此出。彼元章但知好之为好，而不知陋劣之中有至好也。东坡胸次[⑥]，其造化之炉冶乎[⑦]！燮画此石，丑石也；丑而雄，丑而秀。弟子朱青雷索余画不得，即以是寄之。青雷袖中倘有元章之石，当弃弗顾矣。

① 戛：敲击。

② 湘娥：指湘妃，尧帝的两个女儿，后嫁舜帝为妻，姐姐叫娥皇，即湘君；妹妹叫女英，即湘夫人。

③ 杜宇：杜鹃。

④ 巫娥：指巫山神女。襄王：指楚襄王。

⑤ 米元章：名芾，字元章，北宋书画家。

⑥ 胸次：心里，胸怀。

⑦ 造化：创造、化育。冶：艳丽。

何以谓之文章，谓其炳炳耀耀皆成文也[①]，谓其规矩尺度皆成章也。不文不章，虽句句是题，直是一段说话，何以取胜？画石亦然，有横块，有竖块，有方块，有圆块，有欹斜侧块。何以人人之目，毕竟有皴法以见层次[②]，有空白以见平整，空白之外又皴；然后大包小，小包大，构成全局，亢在用笔用墨用水之妙，所谓一块元气结而石成矣。眉山李铁君先生文章妙天下，余未有以学之，写二石奉寄。一细皴，一乱皴，不知仿佛公文之似否？眉山古道，不肯作甘言媚世，当必有以教我也。

西江万先生名个，能作一笔石，而石之凹凸浅深，曲折肥瘦，无不毕具。八大山人之高弟子也[③]。燮偶一学之，一晨得十二幅，何其易乎！然运笔之妙，却在平时打点，闲中试弄，非可率意为也[④]。石中亦须作数笔皴，或在石头，或在石腰，或在石足。

今日画石三幅，一幅寄胶州高凤翰西园氏[⑤]，一幅寄燕京图清格牧山氏[⑥]，一幅寄江南李鲫复堂氏。三人者，予石友也。昔人谓石可转而心不可转，试问画中之石尚可转乎？千里寄画，吾之心

① 炳炳耀耀：文采焕发、光辉灿烂。

② 皴法：国画技法名，是表现山石、峰峦和树身表皮的脉络纹理的画法。画时先勾出轮廓，再用淡干墨侧笔而画。

③ 八大山人：姓朱名耷，明宗室后裔。清代画家。

④ 率意：随意。

⑤ 高凤翰：清代画家，扬州八怪之一。字西园，号南村、南阜山人。

⑥ 牧山：即图清格，号牧山，清代画家。

与石俱往矣。是日在朝城县，画毕尚有余墨，遂涂于县壁，作卧石一块。朝城讼简刑轻，有卧而理之之妙，故写此以示意。三君子闻之，亦知吾为吏之乐不苦也。

昔人画柱石图，皆居中正面，窃独以为不然。国之柱石，如公孤保傅，虽位极人臣，无居正当阳之理。今特作为偏侧之势，且系以诗曰：一卷柱石欲擎天，体自尊崇势自偏；却似武乡侯气象[①]，侧身谨慎几多年。

顽然一块石，卧此苔阶碧：雨露亦不知，霜雪亦不识。园林几盛衰，花树几更易；但问石先生，先生俱记得。

老骨苍寒起厚坤，巍然直拟泰山尊：千秋纵有秦皇帝，不敢鞭他下海门。

欲学云林画石头，愧他笔墨太轻柔，而今老去知心意，只向精神淡处求。

题画兰竹石

终日作字作画，不得休息，便要骂人；三日不动笔，又想一

---

① 武乡侯：即诸葛亮。刘禅继位时，被封为武乡侯。

幅纸来，以舒其沉闷之气[①]，此亦吾曹之贱相也[②]。今日晨起无事，扫地焚香，烹茶洗砚，而故人之纸忽至。欣然命笔，作数箭兰、数竿竹、数块石，颇有洒然清脱之趣。其得时得笔之候乎！索我画，偏不画，不索我画，偏要画，极是不可解处，然解人于此但笑而听之。

三间茅屋，十里春风，窗里幽兰，窗外修竹。此是何等雅趣，而安享之人不知也。懵懵懂懂，没没墨墨，绝不知乐在何处。惟劳苦贫病之人，忽得十日五日之暇，闭柴扉，扫竹径，对芳兰，啜苦茗[③]，时有微风细雨，润泽于疏篱仄径之间[④]；俗客不来，良朋辄至，亦适适然自惊为此日之难得也。凡吾画兰画竹画石，用以慰天下之劳人，非以供天下之安享人也。

十笏茅斋[⑤]，一方天井，修竹数竿，石笋数尺，其地无多，其费亦无多也。而风中雨中有声，日中月中有影，诗中酒中有情，闲中闷中有伴，非唯我爱竹石，即竹石亦爱我也。彼千金万金造园亭，或游宦四方，终其身不能归享。而吾辈欲游名山大川，又一时不得即往，何如一室小景，有情有味，历久弥新乎！对此

---

① 舒：纾解。

② 贱相：令人鄙薄的言谈举止。

③ 啜：饮。

④ 仄径：窄小的路。

⑤ 笏（hù）：古代大臣上朝拿着的手板，用玉、象牙或竹片制成，上面可以记事。

画，构此境，何难敛之则退藏于密，亦复放之可弥六合也[①]。

板桥居士既为陶道人作满山兰竹矣[②]，流泉之东，不得更着一花一叶，又惧其淡寂[③]，乃复题二十八字以实之：峭壁飞流万丈孤，兀然仙境世间无[④]，兰芳竹翠幽深处，置个丹炉与茗炉。

昔李涉过皖桐江上[⑤]，有贼劫之。问是涉，不索物而索诗。涉曰："细雨微风江上春，绿林豪客夜知闻；相逢不用相回避，世上于今半是君。"书民二哥，晚过寓斋，强索余画，且横甚[⑥]。因亦题诗诮让之曰[⑦]："细雨微风江上村，绿林豪客暮敲门；相逢不用相回避，翠竹芝兰画几盆。"狂夫之言，怪迂妄发，公其棒我乎！

昔人云：入芝兰之室，久而忘其香。夫芝兰入室，室则美矣，芝兰勿乐也。吾愿居深山绝谷之间，有芝弗采，有兰弗掇[⑧]，各适其天，各全其性。乃为诗曰：高山峻壁见芝兰，竹影遮斜几片寒。便以乾坤为巨室，老夫高枕卧其间。

---

① 六合：天地四方。

② 陶道人：宋代道士，黎州（在今四川汉源）人，一说清溪（也在汉源）人。

③ 淡寂：淡泊寂静。

④ 兀然：突然。

⑤ 李涉：唐代诗人，自号清溪子，洛（今河南洛阳）人。

⑥ 横：蛮横。

⑦ 诮让：责问。

⑧ 掇：摘取。

昔人画竹者称文与可、苏子瞻、梅道人。画兰者无闻。近世陈古白、吾家所南先生[①]，始以画兰称，又不工于竹。惟清湘大涤子山水、花卉、人物、翎毛无不擅场[②]，而兰竹尤绝妙冠时[③]。盖以竹干叶皆青翠，兰花叶亦然，色相似也；兰有幽芳，竹有劲节，德相似也；竹历寒暑而不凋，兰发四时而有蕊，寿相似也。清湘之意，深得花竹情理。余故仿佛其意。又闻有明三百年，文人皆善兰竹，今不概见，不识何故。

郑所南、陈古白两先生善画兰竹[④]，燮未尝学之；徐文长、高且园两先生不甚画兰竹，而燮时时学之弗辍[⑤]，盖师其意不在迹象间也[⑥]。文长、且园才横而笔豪，而燮亦有倔强不驯之气，所以不谋而合。彼陈、郑二公，仙肌仙骨，藐姑冰雪[⑦]，燮何足以学之哉！昔人学草书入神，或观蛇斗，或观夏云，得个入处；或观公主与担夫争道[⑧]，或观公孙大娘舞西河剑器[⑨]，夫岂取草书成格而规

① 陈古白：名元素，长洲人，擅画墨兰，工诗文，尤善临池，名气传遍江南。郑所南：即郑思肖，字所南，宋末元初画家。

② 擅场：指技艺高超出众。

③ 冠时：盖过时人，为当代第一。

④ 善：擅长。

⑤ 辍：中途停止，中断。

⑥ 师：学习。

⑦ 藐姑：即藐姑仙子，古代传说中的女神。

⑧ 公主与担夫争道：传为张旭的一个典故，比拟意象所蕴含的书法笔法，结体和章法方面的规矩与技巧。

⑨ 公孙大娘：是开元盛世时的唐宫第一舞人。善舞剑器，舞姿惊动天下。以舞《剑器》而闻名于世。

规效法者！精神专一，奋苦数十年，神将相之，鬼将告之，人将启之，物将发之。不奋苦而求速效，只落得少日浮夸，老来窘隘而已[①]。

石涛善画[②]，盖有万种，兰竹其余事也。板桥专画兰竹，五十余年，不画他物。彼务博[③]，我务专，安见专之不如博乎！石涛画法千变万化，离奇苍古，而又能细秀妥贴，比之八大山人，殆有过之无不及处[④]。然八大名满天下，石涛名不出吾扬州，何哉？八大纯用减笔，而石涛微茸耳[⑤]；且八大无二名，人易记识，石涛弘济，又曰清湘道人，又曰苦瓜和尚，又曰大涤子，又曰瞎尊者，别号太多，翻成搅乱。八大只是八大，板桥亦只是板桥，吾不能从石公矣。

复堂李鲜，老画师也。为蒋南沙、高铁岭弟子[⑥]，花卉、翎羽、虫鱼皆妙绝，尤工兰竹。然燮画兰竹，绝不与之同道。复堂喜曰："是能自立门户者。"今年七十，兰竹益进[⑦]，惜复堂不再，不复有商量画事之人也。

---

① 窘隘：窘迫狭隘，窄小。

② 石涛：明末清初的"清初四僧"之一，中国清代画家，僧人。

③ 博：广泛。

④ 殆：大概，几乎。

⑤ 微茸：细柔的毛。

⑥ 蒋南沙：名廷锡，字扬孙，号南沙等。清代画家。高铁岭：即高其佩，辽宁铁岭人。郑板桥亦受其画风启迪与影响。

⑦ 益进：更有精进。

文与可、梅道人画竹，未画兰也。兰竹之妙，始于所南翁[①]，继以古白先生[②]。郑则元品，陈则明笔。近代白丁[③]、清湘，或浑成，或奇纵，皆脱古维新特立。近日禹鸿胪画竹，颇能乱，甚妙。乱之一字，甚当体任，甚当体任！

画竹之法，不贵拘泥成局，要在会心人深神，所以梅道人能超最上乘也。盖竹之体，瘦劲孤高，枝枝傲雪，节节干霄，有似乎士君子豪气凌云，不为俗屈。故板桥画竹，不特为竹写神，亦为竹写生。瘦劲孤高，是其神也；豪迈凌云，是（其）生也；依于石而不囿于石[④]，是其节也；落于色相而不滞于梗概[⑤]，是其品也。竹其有知，必能谓余为解人；石如有灵，亦当为余首肯。甲申秋杪[⑥]，归自邗江，居杏花楼。对雨独酌，醉后研墨拈管，挥此一幅，留赠主人。

昔东坡居士作枯木竹石，使有枯木石而无竹，则黯然无色矣。余作竹作石，固无取于枯木也。意在画竹，则竹为主，以石

① 所南翁：即郑思肖，字所南，宋末元初画家。

② 古白先生：即陈古白，名元素，长洲人，擅画墨兰，工诗文，尤善临池，名气传遍江南。

③ 白丁：字过峰，一字行民，又称民道人，云南人，明楚藩之裔，僧人。

④ 囿于：拘泥于。

⑤ 梗概：刚直的气概。

⑥ 秋杪（qiū miǎo）：暮秋、秋末。

辅之。今石反大于竹，多于竹，又出于格外也[①]。不泥古法，不执己见，惟在活而已矣[②]。

画兰之法，三枝五叶；画石之法，丛三聚五。皆起手法，非为兰竹一道仅仅如此，遂了其生平学问也。古之善画者，大都以造物为师。天之所生，即吾之所画，总需一块元气团结而成[③]。此幅虽属小景，要是山脚下洞穴旁之兰，不是盆中磊石凑栽之兰，谓其气整故尔。聊作二十八字以系于后：敢云我画竟无师，亦有开蒙上学时。画到天机流露处，无今无古寸心知。

平生爱所南先生及陈古白画兰竹。既又见大涤子画石，或依法皴[④]，或不依法皴，或整或碎，或完或不完。遂取其意，构成石势，然后以兰竹弥缝其间[⑤]。虽学出两家，而笔墨则一气也。

先构石，次写兰，次衬以竹，此画之展次也。石不点苔，惧其浊吾画气。

掀天揭地之文，震电惊雷之字[⑥]，呵神骂鬼之谈，无古无今之

① 格外：指出于常例之外。

② 活：鲜活，生动。

③ 元气：宇宙自然之气。

④ 皴：作画时，勾出轮廓后，再用淡干墨侧笔而画。

⑤ 弥缝：设法遮掩。

⑥ 震电：电闪雷鸣。

画，原不在寻常眼孔中也。未画以前，不立一格，既画以后，不留一格。

——题乱兰乱竹乱石与汪希林

几枝修竹几枝兰，不畏春残，不怕秋寒。飘飘远在碧云端，云里湘山，梦里巫山。　　画工老兴未全删，笔也清闲，墨也斓斑[①]。借君莫作画图看，文里机闲，字里机关[②]。

——题兰竹石调寄《一剪梅》

介于石[③]，臭如兰[④]，坚多节，皆《易》之理也，君子以之。

四时不谢之兰，百节长青之竹，万古不移之石，千秋不变之人，写三物与大君子为四美也。

写兰宜省，写石宜冷，画家妙法，笔底还狠。

竹称为君，石呼为丈，锡以嘉名，千秋无让。空山结盟，介节贞朗[⑤]。五色为奇，一青足仰。

① 斓斑：颜色驳杂，灿烂多彩。

② 机关：关键部分。

③ 介于石：语出自《易·豫）卦："六二，介于石，不终日，贞吉。"介，同界，界限。于，介词，犹"如"。"介于石"即立石为界，不可逾越。

④ 臭：香气。

⑤ 贞朗：光明。

兰草已成行，山中意味长；坚贞还自抱，何事斗群芳。

咬定青山不放松，立根原在破岩中；千磨万击还坚劲，任尔东西南北风[①]。

——题竹石

画工何事好离奇，一干掀天去不知；若使循循墙下立，拂云擎日待何时！

——题出纸一竿

老夫自任是青山，颇长春风竹与兰[②]。君正虚心素心客，岩阿相借又何难。

七十衰翁淡不求，风光都付老春秋。画来密篆才逾石，让尔青山出一头。

且让青山出一头[③]，疏枝瘦干未能遒[④]。明年百尺龙孙发[⑤]，多恐青山逊一筹。

---

① 任：任凭。

② 颇：很，相当地。

③ 且：暂且。

④ 遒：雄健有力。

⑤ 龙孙：指新发出的竹子。

绕藤龙孙好节柯，居中柱石老嵯峨[1]。春风夏雨清光满，历到秋冬翠更多。

一枝偶向崖边出，便晓山中篆篛多[2]。寄语采樵人莫羡，留他君子在岩阿[3]。

四时花草最无穷，时到芬芳过便空。唯有山中兰与竹，经春历夏又秋冬。

兰竹芳馨不等闲，同根并蒂好相攀。百年兄弟开怀抱，莫谓分居彼此山。

挥毫已写竹三竿，竹下还添几笔兰。总为本源同七穆[4]，欲修旧谱与君看。

日日红桥斗酒卮[5]，家家桃李艳芳姿。闭门只是栽兰竹，留得春光过四时。

---

① 嵯峨（cuó é）：山势高峻。

② 篆篛：小竹和大竹。

③ 岩阿：山的曲折处。

④ 七穆：指郑穆公的七支后裔。郑穆公有十三个儿子，除了灵公夷和襄公坚外，有七人的后人在郑国为卿，合称七穆。

⑤ 酒卮（zhī）：盛酒的器皿。

新栽瘦竹小园中，石上凄凄三两丛。竹又不高峰又矮，大都谦退是家风。

竹是新栽石旧栽，竹含苍翠石含苔。一窗风雨三更月，相伴幽人坐小斋。

题杂画

乾隆二年丁巳，始得接交于肃公同学老长兄。见其朴茂忠实，绰有古意[①]，如松柏之在岩阿，众芳不及也[②]。后十余年，再会如故。又三年复会，亦如故。岂非松柏之质本于性生，春夏无所争荣，秋冬亦不见其摇落耶？因画双松图奉赠。弟至不材，亦窃附松之列，以为二老人者相好相倚借之一证也。

又画小竹衬贴其间，作竹苞松茂之意，以见公子孙承承绳绳[③]，皆贤人哲士，盖朴茂忠实之报有必然者。

——题双松图

进又无能退又难，宦途跼蹐不堪看[④]；吾家颇有东篱菊，归去秋风耐岁寒。

——画菊与某官留别

① 绰：端正。

② 不及：比不上。

③ 承承绳绳：前后相承，延续不断。

④ 跼蹐（jú jí）：不得意。

复堂奇笔画老松[①]，晴江干墨插梅兄[②]，板桥学写风来竹，图成三友祝何翁。

——题三友图

南阳菊水多耆旧[③]，此是延年一种花。八十老人勤采啜，定教霜鬓变成鸦。

——题菊石图

本为编篱护菊花，谁知老竹又生芽；千秋名士原同调，陶令王猷合一家[④]。

——题竹菊图

偶然画竹浑无色，又向秋风写菊花。不敢自夸君子节，愿从陶令作篱笆。

——题兰竹菊帐额[⑤]

桂皮香与菊花香，都入陶家漉酒缸。醉后便饶春意味，不知

① 复堂：清代画家，扬州八怪之一。名鱓，号复堂、懊道人等。

② 晴江：清代画家，扬州八怪之一。即李方膺，字虬仲，号晴江等。

③ 耆旧：年高望重者。

④ 王猷：清朝人，字豹君，四川华阳人。谭石门弟子。工书，亦长花卉。

⑤ 帐额：床帐前幅的上端所悬之横幅，上有绘画或刺绣，用为床帐的装饰。俗称帐檐。

天地有秋霜。

——题桔菊

牡丹芍药各争妍[①]，叶乱花翻臭午天；何似竹篱茅屋净，一枝清瘦出朝烟。

——题梅

一生从未画梅花，不识孤山处士家。今日画梅兼画竹，岁寒心事满烟霞。

——题梅竹

牡丹花下一枝梅，富贵穷酸共一堆。莫道牡丹真富贵，不如梅占百花魁。

——题牡丹梅花图

兰蕙种种要栽盆，无数英雄挤破门。不如画个空缸在，好与山人作酒樽[②]。

——题兰蕙空缸

谁与荒斋伴寂寥[③]，一枝柱石上云霄。挺然直是陶元亮，五斗

① 妍：美丽。

② 酒樽：盛酒的器皿。

③ 寂寥：寂寞、孤寂。

何能折吾腰！

——题柱石

题他人画

高西园，胶州人，初号南村。此幅是其少作，后病废用左手，书画益奇[①]。人但羡其末年老笔，不知规矩准绳自然秀异绝俗，于少时已压倒一切矣。西园为晚峰先生画，余不及见晚峰，而西园见之；后人不及见西园，而予得友之。由此而上推，何古人之不可见？由此下推，何后人之不可传？即一画有千秋遐想焉！

——题高凤翰寒林雅阵图

岂是人间短褐徒[②]，胸中锦绣要模糊。况经风雨离披后[③]，废尽天吴紫凤图[④]。南阜山人作披褐图[⑤]，寂寥萧澹。既已蔬食没齿无怨矣。板桥居士为题二十八字，则又怨甚．然居士实不怨也。复录《遣怀》旧作一首，寄于卷内，以与先篇相发明焉：江海飘零窃大名[⑥]，宫花曾压帽檐轻。樽前更挟韦娘艳[⑦]，再怨清贫太不情。

——题高凤翰披褐图卷

① 益：更加。

② 短褐：是古代汉服的一种，是对古代穷苦人穿的一种衣服的称呼。

③ 离披：摇荡、晃动。

④ 紫凤：传说中的神鸟，也指衣上凤鸟花纹。

⑤ 南阜山人：即高凤翰，字西园，号南村，晚号南阜，山东莱州府胶州城南三里河村人。

⑥ 窃：偷取。

⑦ 韦娘：唐代著名歌伎，后用作一般歌伎的美称。

睡龙醒后才伸爪，抓破南山一片青。聊题画境，其笔墨之妙，古人或不能到，予何言以知之。

此幅已极神品逸品之妙，而虫蚀剥落处又足以助其空灵[①]。

此幅从何处飞来，其笔墨未曾着纸，然飞来又恐飞去，须磔狗血以厌之[②]。

此幅三石挤塞满纸，而其为绿、为赭[③]、为墨，何清晰也！为高、为下、为内、为外，何径路分明也！又以苔草点缀，不粘不脱，使彼此交搭有情，何隽永也[④]！西园老兄，秀才出身，故画法具有理解。近日诗古家骂秀才，骂制艺，几至于不可耐。不知诗古不从制艺出，皆无伦杂凑[⑤]。满口山川风月，满手桃柳杏花，张哥帽，李哥戴，直是不堪一笑耳。圣天子以制艺取士，士以此应之。明清两朝士人，精神聚会，正在此处。试看西园兄画，绝无时文气，而却从时人制艺出来。

——题高凤翰画册

① 空灵：清新灵活。

② 磔：古代一种酷刑，把肢体分解即分尸。

③ 赭：红褐色。

④ 隽永：意味深长，引人入胜。

⑤ 无伦：没有条理，没有次序。

复堂之画凡三变：初从里中魏凌苍先生学山水[①]，便尔明秀苍雄，过于所师。其后入都，谒仁皇帝马前[②]，天颜霁悦，令从南沙蒋廷锡学画[③]，乃为作色花卉如生。此册是三十外学蒋时笔也。后经崎岖患难，入都得侍高司寇其佩[④]，又在扬州见石涛和尚画，因作破笔泼墨，画益奇。初入都一变，再入都又一变，变而愈上，盖规矩方圆尺度，颜色深浅离合，丝毫不乱，藏在其中，而外之挥洒脱落，皆妙谛也。六十外又一变，则散慢颓唐[⑤]，无复筋骨，老可悲也。册中一脂、一墨、一赭、一青绿，皆欲飞去，不可攀留[⑥]。世之爱复堂者，存其少作壮年笔，而焚其衰笔、赝笔[⑦]，则复堂之真精神真面目，千古常新矣。

——题李鱓花卉蔬果册

此复堂先生六十内画也。力足手横，大是青藤得意之笔，不知者以为赝作，直是儿童手眼未除耳[⑧]。

——题李鱓枯木竹石图

① 魏凌苍：李鱓的同乡，早年师从其学画山水。

② 仁皇帝：指康熙帝。

③ 蒋廷锡：字扬孙，一字西君，号南沙、西谷、青桐居士，是清代中期重要的宫廷画家之一。

④ 高司寇：即高珩，字葱佩，号念东，晚号紫霞道人，山东淄川人。佩：钦佩、敬仰。

⑤ 颓唐：萎靡不振的样子。

⑥ 攀留：挽留。

⑦ 赝：伪造的。

⑧ 未除：没有消去。

稻穗黄，充饥肠，菜叶绿，作羹汤；味平淡，趣悠长。万人性命，二物耽当。几点濡濡墨水，一幅大大文章。

——题李鲜墨笔稻菜轴

篱菊花开艳，经霜色更红，不畏西风恶，巍然独自雄。

——题李鲜红菊册页

君家蕉竹浙江东，此画还添柱石功。最羡先生清贵客，宫袍南院四时红。

——题李鲜蕉竹图

仰天鸿雁唳晴空[①]，立地珊瑚七尺红。惊尔文章成绚烂，从人阅历换霜风。

——题李鲜画老少年立轴

古柏苍然挺岁寒，淹留废院气丸丸[②]。画工助尔参天力，故遣凌霄上下盘[③]。

——题李鲜古柏凌霄图

梅花抱冬心，月季有正色，俯视石菖蒲，清浅茁寒碧。佛手

① 唳：鸣叫。

② 淹留：长期逗留、留存。丸丸：形容高大威武。

③ 凌霄：植物名，落叶藤本，长达十余米。

喻画禅，弹指现妙迹，共玩此窗中，聊为一笑适。　乾隆丁卯秋日，士慎画梅[①]，复堂补佛手、石菖蒲，晴江添月季，余作诗于上。

——题汪士慎、李鱓、李方膺合作花卉图轴

兰竹画，人人所为，不得好。梅花．举世所不为，更不得好。惟俗工俗僧为之，每见其几段大炭，撑拄吾目，其恶秽欲呕也[②]。晴江李四哥独为于举世不为之时，以难见奇，以孤见实，故其画梅，为天下先。日则凝视，夜则构思，身忘于衣，口忘于味，然后领梅之神，达梅之性，挹梅之韵[③]，吐梅之情，梅亦俯首就范，人其剪裁刻划之中而不能出。夫所谓剪裁者，绝不剪裁，乃真剪裁也。所谓刻划者，绝不刻划，乃真刻划也。岂止神行人画，天复有莫知其然而然者，问之晴江[④]．亦不自知，亦不能告人也。愚来通州，得睹此卷，精神濬发[⑤]，兴致淋漓。此卷新枝古干，夹杂飞舞，令人莫得寻其起落。吾欲坐卧其下，作十日工课而后去耳。

① 士慎：即汪士慎，清代著名画家。字近人，号巢林、溪东外史等，在诗、书、画、印诸方面皆有很高的成就。

② 恶秽：污秽。

③ 挹：引。

④ 晴江：长江。

⑤ 濬（jùn）发：很快显现出来。

梅根啮啮[①]，梅苔烨烨[②]，几瓣冰块，千秋古雪。

——题李方膺墨梅图

此二竿者可以为箫，可以为笛，必须凿出孔窍。然世间之物，与其有孔窍，不若没孔窍之为妙也。晴江道人画数片叶以遮之，亦曰免其穿凿。

——题李方膺墨竹

一枝瘦影横窗前，昨夜东风雨太颠[③]，不是傍人扶不起，须知酣醉欲成眠。

——题李方膺墨竹册页

郝香山，晴江李公之侍人也，宝其主之笔墨如拱璧[④]，而索题跋于板桥老人。孙柳门，又个道人之侍人也[⑤]，宝其主之笔墨与香山等，而又摹道人之照，而秘藏之，以为千秋供奉，其义更深远矣。用题二十八字：嗟予不是康成裔，羡此真成颖士家，放眼乾坤臣主义，青衣往往胜乌纱[⑥]。

——题黄慎画丁有煜像卷

① 啮啮：互相咬嚼交错。

② 烨烨：灿烂、鲜明。

③ 颠：跳动、颠簸。

④ 拱璧：古代一种大型玉璧，用于祭祀。因其需双手拱执，故名。

⑤ 个道人：即丁有煜，字丽中，乾隆时人。能作水墨画。

⑥ 青衣：指僮仆。

铁砚犹穿况石头，知君心事欲千秋，文章吐纳烟霞外，入手先亲即墨侯①。

——题黄慎画黄湫石捧砚图小像轴

一瓶一瓶又一瓶，岁朝图画笔如生。莫将片纸嫌残缺，三百年来爱古情。乙丑冬十有二月，游扬州东郭，见市上有此画，几于破烂不堪，属装画者托之，常挂几席间②，聊以存元初笔仗云。

——题李萌岁朝图

大雪满天地，胡为仗剑游？欲谈心里事，同上酒家楼。

——题游侠图

竖幅横披总画山，满楼空翠滴烟鬟③。明朝买棹清江上，却在君家图画间。

——题团冠霞画山楼

西湖烟水不成秋，半是僧楼半酒楼。云外一帆挥手去，要看江海泊天流。

——题张宾鹤西湖送别图

① 即墨侯：唐代人文嵩曾以砚拟人，后遂称砚为即墨侯。

② 几席：几和席，为古人凭依、坐卧的器具。

③ 烟鬟（huán）：云雾缭绕的峰峦。

国破家亡鬓总皤[1]，一囊诗画作头陀[2]。横涂竖抹千千幅，墨点无多泪点多。

——题屈翁山诗札[3]，石涛、石溪[4]、八大山人山水小幅，并白丁墨兰共一卷

今日方知恽寿平[5]，石田笔墨十洲情[6]。廿年赝本相疑信，徒使前贤笑后生。

——题姚太守家藏恽南田梅菊二轴

---

① 皤：白。

② 头陀：佛教名词。佛教僧侣行头陀时，应守十二项苦行，即住空闲处，常乞食，着粪扫衣（即百衲衣）等。称为“头陀行”。后也用以称呼行乞食的僧人。

③ 屈翁山：名大均，字翁山。清初文学家，能诗。

④ 石溪：本姓刘，字石溪，明末清初画家。

⑤ 恽寿平：名格，字寿平，擅长写生花卉。

⑥ 石田：即沈周，字启南，号石田，明代画家，擅长水墨山水。十洲：即仇英，名英，字实父，一作实甫，号十洲，明代画家，擅画仕女。

书信卷

十六通家书小引

板桥诗文，最不喜求人作叙。求之王公大人，既以借光为可耻；求之湖海名流，必至含讥带讪，遭其荼毒而无可如何[①]，总不如不叙为得也。几篇家信，原算不得文章，有些好处，大家看看；如无好处，糊窗糊壁，覆瓿覆盎而已[②]，何以叙为！乾隆己巳，郑燮自题。

雍正十年杭州韬光庵中寄舍弟墨

谁非黄帝尧舜之子孙[③]，而至于今日，其不幸而为臧获[④]，为婢妾，为舆台、皂隶[⑤]，窘穷迫逼，无可奈何。非其数十代以前即自臧获、婢妾、舆台、皂隶来也。一旦奋发有为，精勤不倦，有及身而富贵者矣，有及其子孙而富贵者矣，王侯将相岂有种乎！而一二失路名家，落魄贵胄[⑥]，借祖宗以欺人，述先代而自大。辄曰："彼何人也，反在霄汉；我何人也，反在泥涂。天道不可凭，人事不可问！"嗟乎！不知此正所谓天道人事也。天道福善

---

① 荼毒：毒害、残害。

② 瓿（bù）：小瓮。

③ 谁非：谁不是。

④ 臧获：指奴婢。

⑤ 舆台、皂隶：在衙门服役的人。

⑥ 贵胄：贵族。

祸淫，彼善而富贵，尔淫而贫贱，理也，庸何伤[①]？天道循环倚伏，彼祖宗贫贱，今当富贵，尔祖宗富贵，今当贫贱，理也，又何伤？天道如此，人事即在其中矣。愚兄为秀才时，检家中旧书簏[②]，得前代家奴契券，即于灯下焚去，并不返诸其人。恐明与之，反多一番形迹，增一番愧恧[③]。自我用人，从不书券，合则留，不合则去。何苦存此一纸，使吾后世子孙，借为口实，以便苛求抑勒乎[④]！如此存心，是为人处，即是为己处。若事事预留把柄，使入其网罗，无能逃脱，其穷愈速，其祸即来，其子孙即有不可问之事、不可测之忧。试看世间会打算的，何曾打算得别人一点，直是算尽自家耳！可哀可叹，吾弟识之。

焦山读书寄四弟墨

僧人遍满天下，不是西域送来的。即吾中国之父兄子弟，穷而无归，入而难返者也。削去头发便是他，留起头发还是我。怒眉瞋目[⑤]，叱为异端而深恶痛绝之，亦觉太过。佛自周昭王时下生，迄于灭度[⑥]，足迹未尝履中国土。后八百年而有汉明帝，说谎说梦，惹出这场事来，佛实不闻不晓。今不责明帝，而齐声骂佛，佛何辜乎？况自昌黎辟佛以来[⑦]，孔道大明，佛焰渐熄，帝

① 庸何伤：平庸有什么不好呢？

② 簏：竹箱。

③ 愧恧（nǜ）：惭愧。

④ 抑勒：勒索，克扣。

⑤ 瞋目：睁大眼睛瞪人。

⑥ 灭度：佛教语，指僧人死亡。

⑦ 昌黎辟佛：指唐代韩愈著文批判佛教，以为是国家、社会的祸害。

王卿相，一遵《六经》《四子》之书，以为齐家治国平天下之道，此时而犹言辟佛，亦如同嚼蜡而已。和尚是佛之罪人，杀盗淫妄，贪婪势利，无复明心见性之规。秀才亦是孔子之罪人，不仁不智，无礼无义，无复守先待后之意。秀才骂和尚，和尚亦骂秀才。语云："各人自扫阶前雪，莫管他家屋瓦霜。"老弟以为然否？偶有所触，书以寄汝，并示无方师一笑也。

仪真县江村茶社寄舍弟

江雨初晴，宿烟收尽，林花碧柳，皆洗沐以待朝暾①；而又娇鸟唤人，微风叠浪，吴、楚诸山，青葱明秀，几欲渡江而来。此时坐水阁上，烹龙凤茶，烧夹剪香，令友人吹笛，作《落梅花》一弄，真是人间仙境也。嗟乎！为文者不当如是乎！一种新鲜秀活之气，宜场屋②，利科名，即其人富贵福泽享用，自从容无棘刺。王逸少、虞世南书③，字字馨逸，二公皆高年厚福。诗人李白，仙品也；王维，贵品也；杜牧，隽品也。维、牧皆得大名，归老辋川、樊川，车马之客，日造门下。维之弟有缙④，牧之子有荀鹤⑤，又复表表后人⑥。惟太白长流夜郎。然其走马上金銮，御手调羹，贵妃侍砚，与崔宗之著宫锦袍游遨江上⑦，望之如神仙，过

① 以待：来等待。朝暾：早晨的太阳。
② 场屋：科举时代考试士子的地方。
③ 王逸少：名羲之，字逸少。东晋书法家。虞世南：字伯施。唐初书法家。
④ 缙：王维的弟弟，字夏卿，太原祁（今山西祁县）人。
⑤ 荀鹤：杜牧之子，唐代诗人，字彦之，号九华山人，池州石埭（今安徽石台）人。
⑥ 表表：卓异，不同寻常。
⑦ 崔宗之：名成辅，历任左司郎中、侍御史，谪官金陵。常与李白诗酒唱和。

扬州未匝月[①]，用朝廷金钱三十六万，凡失路名流，落魄公子，皆厚赠之，此其际遇何如哉！正不得以夜郎为太白病。先朝董思白[②]，我朝韩慕庐[③]，皆以鲜秀之笔，作为制艺[④]，取重当时。思翁犹是庆、历规模，慕庐则一扫从前，横斜疏放，愈不整齐，愈觉妍妙[⑤]。二公并以大宗伯归老于家[⑥]，享江山儿女之乐。方百川、灵皋两先生[⑦]，出慕庐门下，学其文而精思刻酷过之；然一片怨词，满纸凄调。百川早世，灵皋晚达，其崎岖屯难亦至矣[⑧]，皆其文之所必致也。吾弟为文，须想春江之妙境，挹先辈之美词[⑨]，令人悦心娱目，自尔利科名，厚福泽。或曰：吾子论文，常曰生辣，曰古奥，曰离奇，曰淡远，何忽作此秀媚语？余曰：论文，公道也，训子弟，私情也。岂有子弟而不愿其富贵寿考者乎[⑩]！故韩非、商鞅、晁错之文，非不刻削，吾不愿子弟学之也；褚河南、欧阳率更之书[⑪]，非不孤峭，吾不愿子孙学之也；郊寒岛瘦[⑫]，长吉鬼

---

① 匝月：满一个月。

② 董思白：名其昌，号思白、思翁。明代书画家。

③ 韩慕庐：名，字元少，号慕庐。官至礼部尚书。

④ 制艺：古代应试所作文章，在明清两代，一般指八股文。

⑤ 妍妙：美好、美妙。

⑥ 大宗伯：礼部尚书的别名。

⑦ 方百川：名舟，字百川。方苞兄，三十七岁去世。灵皋：即方苞，字灵皋，清代散文家，桐城派创始人。

⑧ 屯难：艰难。

⑨ 挹：取。

⑩ 寿考：年高，长寿。

⑪ 褚河南：即褚遂良，唐初书法家。欧阳率更：即欧阳询，唐初书法家。

⑫ 郊寒岛瘦：本指孟郊、贾岛简啬孤峭的诗歌风格，后用以形容诗文类似的意境。

语[①]，诗非不妙，吾不愿子孙学之也。私也，非公也。是日许生既白买舟系阁下，邀看江景，并游一戗港[②]。书罢，登舟而去。

焦山别峰庵雨中无事寄舍弟墨

秦始皇烧书，孔子亦烧书。删书断自唐、虞[③]，则唐、虞以前，孔子得而烧之矣。《诗》三千篇，存三百十一篇，则二千六百八十九篇，孔子亦得而烧之矣。孔子烧其可烧，故灰灭无所复存[④]，而存者为经，身尊道隆，为天下后世法。始皇虎狼其心，蜂虿其性[⑤]，烧经灭圣，欲剜天眼而浊人心[⑥]，故身死宗亡国灭，而遗经复出。始皇之烧，正不如孔子之烧也。自汉以来，求书著书，汲汲每若不可及。魏、晋而下，迄于唐、宋，著书者数千百家。其间风云月露之辞，悖理伤道之作[⑦]，不可胜数，常恨不得始皇而烧之。而抑又不然[⑧]，此等书不必始皇烧，彼将自烧也。昔欧阳永叔读书秘阁中[⑨]，见数千万卷，皆霉烂不可收拾，又有书目数十卷亦烂去，但存数卷而已。视其人名皆不识，视其书名皆未见。夫欧公不为不博，而书之能藏秘阁者，亦必非无名之

---

① 长吉：即李贺，唐代著名诗人，河南福昌人。字长吉，世称李长吉、鬼才、诗鬼等，与李白、李商隐三人并称唐代“三李”。

② 戗港：地名，位于江苏省苏州市吴江市横扇镇北。

③ 断：停止，中断。唐：唐尧。虞：虞舜。

④ 复存：保存。

⑤ 蜂虿（fēng chài）：比喻狠毒凶残。

⑥ 剜：挖。

⑦ 悖理：违反常理。

⑧ 抑：抑制。

⑨ 欧阳永叔：即欧阳修，字永叔，北宋文学家、史学家。

子。录目数卷中，竟无一人一书识者，此其自焚自灭为何如！尚待他人举火乎？近世所存汉、魏、晋丛书，唐、宋丛书，《津逮秘书》，《唐类函》，《说郛》，《文献通考》，杜佑《通典》，郑樵《通志》之类，皆卷册浩繁，不能翻刻。数百年兵火之后，十亡七八矣。刘向《说苑》、《新序》，《韩诗外传》，陆贾《新语》，扬雄《太玄》、《法言》，王充《论衡》，蔡邕《独断》，皆汉儒之矫矫者也[1]。虽有些零碎道理，譬之《六经》，犹苍蝇声耳，岂得为日月经天，江河行地哉！吾弟读书，《四书》之上有《六经》，《六经》之下有《左》、《史》、《庄》、《骚》，贾、董策略[2]，诸葛表章[3]，韩文杜诗而已[4]，只此数书，终身读不尽，终身受用不尽。至如《二十一史》[5]，书一代之事，必不可废。然魏收秽书[6]、宋子京《新唐书》，简而枯；脱脱《宋书》[7]，冗而杂。欲如韩文杜诗脍炙人口，岂可得哉！此所谓不烧之烧，未怕秦灰，终归孔炬耳。《六经》之文，至矣尽矣，而又有至之至者：浑沦磅礴，阔大精微，却是家用日常，《禹贡》、《洪范》、《月令》、《七月流火》是

① 矫矫：翘然出众。

② 贾、董策略：指西汉贾谊、董仲舒针对时政提出的对策、谋略。

③ 诸葛：即诸葛亮，字孔明，号卧龙，三国时期杰出的政治家、战略家、发明家、军事家。

④ 韩文杜诗：韩愈的古文，杜甫的诗歌。

⑤《二十一史》：在清乾隆年修撰出版的《明史》、《旧唐书》、《旧五代史》之前的二十一部史书，上始《史记》，下讫《元史》。

⑥ 魏收：北齐史学家，曾奉诏编撰《魏书》。因其昔修史酬恩报怨，故讥称《魏书》为秽史。

⑦ 脱脱：字大用，元朝大臣。曾主持修撰辽、金、宋三史。

也。当刻刻寻讨贯串，一刻离不得。张横渠《西铭》一篇[①]，巍然接《六经》而作，呜呼休哉！雍正十三年五月廿四日，哥哥字。

焦山双峰阁寄舍弟墨

郝家庄有墓田一块，价十二两，先君曾欲买置，因有无主孤坟一座，必须刨去。先君曰："嗟乎！岂有掘人之冢以自立其冢者乎[②]！"遂去之。但吾家不买，必有他人买者，此冢仍然不保。吾意欲致书郝表弟，问此地下落，若未售，则封去十二金，买以葬吾夫妇。即留此孤坟，以为牛眠一伴，刻石示子孙，永永不废，岂非先君忠厚之义而又深之乎！夫堪舆家言[③]，亦何足信。吾辈存心，须刻刻去浇存厚[④]，虽有恶风水，必变为善地，此理断可信也。后世子孙，清明上冢，亦祭此墓，卮酒、只鸡、盂饭、纸钱百陌[⑤]，著为例。雍正十三年六月十日，哥哥寄。

淮安舟中寄舍弟墨

以人为可爱，而我亦可爱矣；以人为可恶，而我亦可恶矣。东坡一生觉得世上没有不好的人，最是他好处。愚兄平生漫骂无礼，然人有一才一技之长，一行一言之美，未尝不啧啧称道。橐

① 张横渠：名载，字子厚，北宋哲学家，人称横渠先生。

② 冢：坟。

③ 堪舆：即风水，指住宅基地或墓地的形势。

④ 浇：薄。

⑤ 陌：钱一百文。

中数千金[①]，随手散尽，爱人故也。至于缺阨欹危之处[②]，亦往往得人之力。好骂人，尤好骂秀才。细细想来，秀才受病，只是推廓不开[③]，他若推廓得开，又不是秀才了。且专骂秀才，亦是冤屈。而今世上那个是推廓得开的？年老身孤，当慎口过。爱人是好处，骂人是不好处。东坡以此受病，况板桥乎！老弟亦当时时劝我。

范县署中寄舍弟墨

刹院寺祖坟，是东门一枝大家公共的，我因葬父母无地，遂葬其傍[④]。得风水力，成进士，作宦数年无恙。是众人之富贵福泽，我一人夺之也，于心安乎不安乎！可怜我东门人，取鱼捞虾，撑船结网；破屋中吃秕糠，啜麦粥，搴取荇叶、蕴头、蒋角煮之[⑤]，旁贴荞麦锅饼，便是美食，幼儿女争吵。每一念及[⑥]，真含泪欲落也。汝持俸钱南归，可挨家比户，逐一散结。南门六家，竹横港十八家，下佃一家，派虽远，亦是一脉，皆当有所分惠。骐驎小叔祖亦安在？无父无母孤儿，村中人最能欺负，宜访求而慰问之。自曾祖父至我兄弟四代亲戚，有久而不相识面者，各赠二金，以相连续，此后便好来往。徐宗于、陆白义辈，是旧时同

---

① 橐：口袋。

② 缺阨欹危（quē è qī wēi）：艰难、危难。

③ 推廓：扩展。

④ 傍：旁边。

⑤ 搴（qiān）取：拔取。

⑥ 念及：想起这些。

学，日夕相征逐者也。犹忆谈文古庙中，破廊败叶飕飕，至二三鼓不去；或又骑石狮子脊背上，论兵起舞，纵言天下事。今皆落落未遇[①]，亦当分俸以敦夙好[②]。凡人于文章学问，辄自谓己长，科名唾手而得[③]，不知俱是侥幸。设我至今不第，又何处叫屈来，岂得以此骄倨朋友[④]！敦宗族，睦亲姻，念故交，大数既得；其余邻里乡党，相赒相恤[⑤]，汝自为之，务在金尽而止。愚兄更不必琐琐矣。

范县署中寄舍弟墨第二书

吾弟所买宅，严紧密栗[⑥]，处家最宜，只是天井太小，见天不大。愚兄心思旷远，不乐居耳。是宅北至鹦鹉桥不过百步，鹦鹉桥至杏花楼不过三十步，其左右颇多隙地。幼时饮酒其旁，见一片荒城，半堤衰柳，断桥流水，破屋丛花，心窃乐之[⑦]。若得制钱五十千，便可买地一大段，他日结茅有在矣。吾意欲筑一土墙院子，门内多栽竹树草花，用碎砖铺曲径一条，以达二门。其内茅屋二间，一间坐客，一间作房，贮图书史籍、笔墨砚瓦、酒董茶具其中，为良朋好友、后生小子论文赋诗之所。其后住家，主屋三间，厨屋二间，奴子屋一间，共八间。俱用草苫，如此足矣。

---

① 落落：形容跟别人合不来，孤独。

② 夙好：旧交，老友。

③ 唾手而得：非常容易得到。

④ 骄倨：傲慢不恭。

⑤ 赒：周济，救济。

⑥ 密栗：缜密，坚硬。

⑦ 窃乐：偷偷乐。

清晨日尚未出，望东海一片红霞，薄暮斜阳满树。立院中高处，便见烟水平桥。家中宴客，墙外人亦望见灯火。南至汝家百三十步，东至小园仅一水，实为恒便[①]。或曰：此等宅居甚适，只是怕盗贼。不知盗贼亦穷民耳，开门延入，商量分惠，有甚么便拿甚么去；若一无所有，便王献之青毡[②]，亦可携取质百钱救急也。吾弟当留心此地，为狂兄娱老之资，不知可能遂愿否？

范县署中寄舍弟墨第三书

禹会诸侯于涂山[③]，执玉帛者万国[④]。至夏、殷之际，仅有三千，彼七千者竟何往矣？周武王大封同异姓，合前代诸侯，得千八百国，彼一千余国又何往矣？其时强侵弱，众暴寡，刀痕箭疮，薰眼破胁，奔窜死亡无地者，何可胜道。特无孔子作《春秋》，左丘明为传记，故不传于世耳。世儒不知，谓春秋为极乱之世，复何道？而春秋已前，皆若浑浑噩噩，荡荡平平，殊甚可笑也。以太王之贤圣[⑤]，为狄所侵[⑥]，必至弃国与之而后已。天子不

① 恒便：方便。

② 王献之青毡：东晋大书法家王献之为人宽宏大量。一天夜晚，小偷潜入书房，偷一块旧毡子时，王献之说："你们把值钱的东西拿走，青毡子留下。"后来就以青毡为儒者故家旧物的代词。

③ 禹：姒姓夏后氏，名文命，号禹，后世尊称大禹，是黄帝轩辕氏玄孙。涂山：亦名当涂山，俗称东山，为古涂山国所在地，据说原来是一座山，大禹治水把山一劈为二，让淮河水改道，变成由南往北流。也是大禹娶妻及第一次大会诸侯的地方。

④ 玉帛：瑞玉和缣帛。古代祭祀、会盟时用的珍贵礼品。

⑤ 太王：即周朝祖先周太王。

⑥ 狄：古族名。

能征，方伯不能讨[①]，则夏、殷之季世[②]，其抢攘淆乱为何如，尚得谓之荡平安辑哉[③]！至于《春秋》一书，不过因赴告之文，书之以定褒贬。左氏乃得依经作传。其时不赴告而背理坏道乱亡破灭者，十倍于《左传》而无所考。即如“汉阳诸姬，楚实尽之”，诸姬是若干国？楚是何年月日如何殄灭他[④]？亦寻不出证据来。学者读《春秋》经传，以为极乱，而不知其所书，尚是十之一，千之百也。嗟乎！吾辈既不得志于时，困守于山椒海麓之间，翻阅遗编，发为长吟浩叹，或喜而歌，或悲而泣。诚知书中有书，书外有书，则心空明而理圆湛[⑤]，岂复为古人所束缚，而略无张主乎[⑥]！岂复为后世小儒所颠倒迷惑，反失古人真意乎！虽无帝王师相之权，而进退百王，屏当千古[⑦]，是亦足以豪而乐矣。又如《春秋》，鲁国之史也，使竖儒为之，必自伯禽起首，乃为全书，如何没头没脑，半路上从隐公说起？殊不知圣人只要明理范世，不必拘牵。其简册可考者考之，不可考者置之。如隐公并不可考，便从桓、庄起亦得。或曰:《春秋》起自隐公，重让也；删书断自唐、虞，亦重让也。此与儿童之见无异。试问唐、虞以前天子，哪个是争来的？大率删书断自唐、虞[⑧]，唐、虞以前，荒远不可信

① 方伯：古代诸侯中的领袖之称，谓为一方之长。

② 季世：末代，一个历史时代的末段。

③ 安辑：安定，使安定。

④ 殄灭：绝灭。

⑤ 圆湛：充分。

⑥ 张主：主张、做主。

⑦ 屏当：收拾、整理。

⑧ 大率：大体上。

也。《春秋》起自隐公，隐公以前，残缺不可考也，所谓史阙文耳。总是读书要有特识，依样葫芦，无有是处。而特识又不外乎至情至理，歪扭乱窜，无有是处。

人谓《史记》以吴太伯为《世家》第一，伯夷为《列传》第一，俱重让国。但《五帝本纪》以黄帝为第一，是戮蚩尤用兵之始，然则又重争乎？后先矛盾，不应至是。总之，竖儒之言，必不可听，学者自出眼孔、自竖脊骨读书可尔①。乾隆九年六月十五日，哥哥字。

范县署中寄舍弟墨第四书

十月二十六日得家书，知新置田获秋稼五百斛②，甚喜。而今而后，堪为农夫以没世矣！要须制碓、制磨、制筛罗簸箕、制大小扫帚、制升斗斛。家中妇女，率诸婢妾，皆令习舂揄蹂簸之事，便是一种靠田园长子孙气象。天寒冰冻时，穷亲戚朋友到门，先泡一大碗炒米送手中，佐以酱姜一小碟，最是暖老温贫之具。暇日咽碎米饼，煮糊涂粥，双手捧碗，缩颈而啜之③，霜晨雪早，得此周身俱暖。嗟乎！嗟乎！吾其长为农夫以没世乎！我想天地间第一等人，只有农夫，而士为四民之末。农夫上者种地百亩，其次七八十亩，其次五六十亩，皆苦其身，勤其力，耕种收获，以养天下之人。使天下无农夫，举世皆饿死矣。我辈读书

① 自竖脊骨：有自己的风格、特点。

② 斛：量器名，以五斗为一斛。

③ 啜：喝。

人，入则孝，出则弟，守先待后，得志泽加于民，不得志修身见于世，所以又高于农夫一等。今则不然，一捧书本，便想中举、中进士、作官，如何攫取金钱[①]、造大房屋、置多田产。起手便错走了路头，后来越做越坏，总没有个好结果。其不能发达者，乡里作恶，小头锐面，更不可当。夫束修自好者[②]，岂无其人；经济自期，抗怀千古者[③]，亦所在多有。而好人为坏人所累，遂令我辈开不得口；一开口，人便笑曰：汝辈书生，总是会说，他日居官，便不如此说了。所以忍气吞声，只得捱人笑骂。工人制器利用，贾人搬有运无，皆有便民之处。而士独于民大不便，无怪乎居四民之末也！且求居四民之末而亦不可得也！愚兄平生最重农夫，新招佃地人，必须待之以礼。彼称我为主人，我称彼为客户，主客原是对待之义，我何贵而彼何贱乎？要体貌他[④]，要怜悯他；有所借贷，要周全他；不能偿还，要宽让他。尝笑唐人《七夕》诗，咏牛郎织女，皆作会别可怜之语，殊失命名本旨。织女，衣之源也，牵牛，食之本也，在天星为最贵；天顾重之[⑤]，而人反不重乎！其务本勤民，呈象昭昭可鉴矣。吾邑妇人，不能织绸织布，然而主中馈[⑥]，习针线，犹不失为勤谨。近日颇有听鼓儿

① 攫取：夺取。

② 束修自好：约束自己，不与坏人坏事同流合污。

③ 抗怀：坚守高尚的情怀。

④ 体貌：以礼相待。

⑤ 顾：特别。

⑥ 中馈：指妇女在家主持饮食等事。

词，以斗叶为戏者[①]，风俗荡轶[②]，亟宜戒之[③]。吾家业地虽有三百亩，总是典产[④]，不可久恃[⑤]。将来须买田二百亩，予兄弟二人，各得百亩足矣，亦古者一夫受田百亩之义也。若再求多，便是占人产业，莫大罪过。天下无田无业者多矣，我独何人，贪求无厌，穷民将何所措足乎！或曰：世上连阡越陌[⑥]，数百顷有余者，子将奈何？应之曰：他自做他家事，我自做我家事，世道盛则一德遵王，风俗偷则不同为恶[⑦]，亦板桥之家法也。哥哥字。

范县署中寄舍弟墨第五书

作诗非难，命题为难。题高则诗高，题矮则诗矮，不可不慎也。少陵诗高绝千古[⑧]，自不必言，即其命题，已早据百尺楼上矣。通体不能悉举，且就一二言之：《哀江头》、《哀王孙》，伤亡国也；《新婚别》、《无家别》、《垂老别》、《前后出塞》诸篇，悲戍役也；《兵车行》、《丽人行》，乱之始也；《达行在所》三首，庆中兴也；《北征》、《洗兵马》，喜复国望太平也。只一开卷，阅其题次，一种忧国忧民忽悲忽喜之情，以及宗庙丘墟，关山劳戍之

① 斗叶：斗纸牌。

② 荡轶：放纵，不受拘束。

③ 亟：急切。

④ 典：抵押。

⑤ 恃：依赖。

⑥ 阡陌：田间的小路。

⑦ 偷：浅薄，不厚道。

⑧ 少陵：指杜甫。

苦，宛然在目[①]。其题如此，其诗有不痛心入骨者乎！至于往来赠答，杯酒淋漓，皆一时豪杰，有本有用之人，故其诗信当时、传后世，而必不可废。放翁诗则又不然[②]，诗最多，题最少，不过《山居》、《村居》、《春日》、《秋日》、《即事》、《遣兴》而已。岂放翁为诗与少陵有二道哉？盖安史之变，天下土崩，郭子仪、李光弼、陈玄礼、王思礼之流[③]，精忠勇略，冠绝一时，卒复唐之社稷。在《八哀》诗中，既略叙其人，而《洗兵马》一篇，又复总其全数而赞叹之，少陵非苟作也。南宋时，君父幽囚[④]，栖身杭越[⑤]，其辱与危亦至矣。讲理学者，推极于毫厘分寸，而卒无救时济变之才；在朝诸大臣，皆流连诗酒，沉溺湖山，不顾国之大计。是尚得为有人乎！是尚可辱吾诗歌而劳吾赠答乎[⑥]！直以《山居》、《村居》、《夏日》、《秋日》，了却诗债而已。且国将亡，必多忌，躬行桀、纣，必曰驾尧、舜而轶汤、武[⑦]。宋自绍兴以来，主和议、增岁币，送尊号、处卑朝、刮民膏、戮大将，无恶不

---

① 宛然：非常像。

② 放翁：指陆游。

③ 郭子仪：中唐名将，安史之乱爆发后，任朔方节度使，率军收复洛阳、长安两京，功居平乱之首；李光弼：中国唐代营州柳城（今辽宁省朝阳）人，契丹族人，经郭子仪推荐为河东节度副使，参与平定安史之乱；陈玄礼：唐朝将领，安史之乱时，随玄宗逃蜀，行至马嵬驿（今陕西兴平西），在太子李亨支持下，与士兵杀杨国忠；王思礼：唐朝将领，入居营州（今辽宁朝阳），以功授右卫将军、关西兵马使，从征九曲。

④ 君父幽囚：指公元1127年北宋最后的两个皇帝宋徽宗赵佶和宋钦宗赵桓被金兵掳去，囚禁在五国城（今黑龙江省依兰县），北宋至此灭亡。

⑤ 杭越：杭州和越州（绍兴）的并称。

⑥ 尚：尚且。

⑦ 驾、轶：抑制、控制。

作，无陋不为。百姓莫敢言喘，放翁恶得形诸篇翰以自取戾乎[①]！故杜诗之有人，诚有人也；陆诗之无人，诚无人也。杜之历陈时事，寓谏诤也；陆之绝口不言，免罗织也[②]。虽以放翁诗题与少陵并列，奚不可也[③]！近世诗家题目，非赏花即宴集，非喜晤即赠行，满纸人名，某轩某园，某亭某斋，某楼某岩，某村某墅，皆市井流俗不堪之子，今日才立别号，明日便上诗笺。其题如此，其诗可知，其诗如此，其人品又可知。吾弟欲从事于此，可以终岁不作，不可以一字苟吟。慎题目，所以端人品[④]，厉风教也[⑤]。若一时无好题目，则论往古，告来今，乐府旧题，尽有做不尽处，盍为之[⑥]。哥哥字。

潍县署中寄舍弟墨第一书

读书以过目成诵为能，最是不济事。眼中了了，心下匆匆，方寸无多，往来应接不暇，如看场中美色，一眼即过，与我何与也。千古过目成诵，孰有如孔子者乎？读《易》至韦编三绝[⑦]，不知翻阅过几千百遍来，微言精义，愈探愈出，愈研愈入，愈往而不知其所穷。虽生知安行之圣，不废困勉下学之功也。东坡读

---

① 戾：罪过。

② 罗织：无中生有地编造、构陷。

③ 奚：为什么。

④ 端：使端正。

⑤ 厉：使严厉。

⑥ 盍（hé）：何不。

⑦ 韦编三绝：韦编，用熟牛皮绳把竹简编联起来；三，概数，表示多次；绝，断。编连竹简的皮绳断了多次。比喻读书勤奋。

书不用两遍，然其在翰林读《阿房宫赋》至四鼓，老吏苦之，坡洒然不倦。岂以一过即记，遂了其事乎！惟虞世南、张睢阳、张方平[①]，平生书不再读，迄无佳文。且过辄成诵，又有无所不诵之陋。即如《史记》百三十篇中，以《项羽本纪》为最，而《项羽本纪》中，又以钜鹿之战、鸿门之宴、垓下之会为最。反复诵观，可欣可泣，在此数段耳。若一部《史记》，篇篇都读，字字都记，岂非没分晓的钝汉[②]！更有小说家言，各种传奇恶曲，及打油诗词，亦复寓目不忘，如破烂厨柜，臭油坏酱悉贮其中[③]，其龌龊亦耐不得。

潍县署中与舍弟墨第二书

余五十二岁始得一子，岂有不爱之理！然爱之必以其道，虽嬉戏顽要[④]，务令忠厚悱恻[⑤]，毋为刻急也。平生最不喜笼中养鸟，我图娱悦，彼在囚牢，何情何理，而必屈物之性以适吾性乎[⑥]！至于发系蜻蜓，线缚螃蟹，为小儿顽具，不过一时片刻便

① 虞世南：凌烟阁二十四功臣之一，字伯施，余姚人，唐初政治家，书法家，文学家；张睢阳：即张巡，唐蒲州河东（今山西永济）人，张巡少聪敏好学，博览群书，为文不打草稿，落笔成章，长成后有才干，讲气节，倾财好施，扶危济困；张方平：字安道，号“乐全居士”，睢阳（今河南商丘）人，神宗朝，官拜参知政事（宰相），反对任用王安石，反对王安石新法。

② 钝汉：蠢人。

③ 贮：贮存。

④ 顽要：游戏、游赏。

⑤ 悱恻：内心悲苦凄苦。

⑥ 屈：屈服。

摺拉而死。夫天地生物，化育劬劳[1]，一蚁一虫，皆本阴阳五行之气絪缊而出[2]。上帝亦心心爱念。而万物之性人为贵，吾辈意不能体天之心以为心，万物将何所托命乎[3]？蛇蚖蜈蚣、豺狼虎豹[4]，虫之最毒者也，然天既生之，我何得而杀之？若必欲尽杀，天地又何必生？亦惟驱之使远，避之使不相害而已。蜘蛛结网，于人何罪，或谓其夜间咒月，令人墙倾壁倒，遂击杀无遗。此等说话，出于何经何典，而遂以此残物之命，可乎哉？可乎哉？我不在家，儿子便是你管束。要须长其忠厚之情，驱其残忍之性，不得以为犹子而姑纵惜也[5]。家人儿女，总是天地间一般人，当一般爱惜，不可使吾儿凌虐他[6]。凡鱼飧果饼[7]，宜均分散给，大家欢嬉跳跃。若吾儿坐食好物，令家人子远立而望，不得一沾唇齿，其父母见而怜之，无可如何，呼之使去，岂非割心剜肉乎！夫读书中举、中进士、做官，此是小事，第一要明理作个好人。可将此书读与郭嫂、饶嫂听[8]，使二妇人知爱子之道在此不在彼也。

书后又一纸

所云不得笼中养鸟，而予又未尝不爱鸟，但养之有道耳。欲

① 劬（qú）劳：劳累。

② 絪缊（yīn yùn）：万物由于相互作用而变化生长之意。

③ 托命：托寄生命。

④ 蚖（wán）：毒蛇。

⑤ 姑纵：放纵。

⑥ 凌虐：欺压虐待。

⑦ 飧：晚饭，亦泛指熟食，饭食。

⑧ 郭嫂：郑板桥的续弦夫人。饶嫂：郑板桥妾。

养鸟莫如多种树，使绕屋数百株，扶疏茂密，为鸟国鸟家。将旦时，睡梦初醒，尚辗转在被，听一片啁啾[①]，如《云门》《咸池》之奏[②]；及披衣而起，頮面漱口啜茗[③]，见其扬翚振彩[④]，倏往倏来，目不暇给，固非一笼一羽之乐而已。大率平生乐处，欲以天地为囿[⑤]，江汉为池，各适其天，斯为大快。比之盆鱼笼鸟，其钜细仁忍何如也！

书后又一纸

尝论尧、舜不是一样[⑥]，尧为最，舜次之。人咸惊讶。其实有至理焉。孔子曰："大哉，尧之为君！惟天为大，惟尧则之。"孔子从未尝以天许人，亦未尝以大许人，惟称尧不遗余力，意中口中，却是有一无二之象。夫雨旸寒燠时若者[⑦]，天也。亦有时狂风淫雨，兼旬累月[⑧]，伤禾败稼而不可救；或赤旱数千里，蝗蝝螟特肆生，致草黄而木死，而亦不害其为天之大。天既生有麒麟凤凰、灵芝仙草、五谷花实矣，而蛇虎蜂虿[⑨]、蒺藜、稂莠萧艾之属，即与之俱生而并茂，而亦不害其为天之仁。尧为天子，既已

① 啁啾：鸟叫声。
②《云门》《咸池》：周代贵族统治者用于祭祀的六个乐舞中的两种。
③ 頮（huì）面：洗脸。
④ 扬翚（huī）振彩：振翅疾飞。
⑤ 囿：限制。
⑥ 尝：曾经。
⑦ 雨旸（yáng）：雨天和晴天。寒燠（yù）：寒冷和温暖。
⑧ 兼旬：二十天。
⑨ 虿（chài）：毒虫。

钦明文思[①]，光四表而格上下矣[②]，而共工、驩兜尚列于朝[③]，又有九载绩用弗成之鲧[④]，而亦不害其为尧之大。浑浑乎一天也！若舜则不然，流共工，放驩兜，杀三苗，殛鲧，罪人斯当矣。命伯禹作司空[⑤]，契为司徒[⑥]，稷教稼[⑦]，皋陶掌刑[⑧]，伯益掌火[⑨]，伯夷典礼[⑩]，后夔典乐[⑪]，倕工鸠工[⑫]，以及殳戕、朱虎、熊罴之属[⑬]，无不各得其职，用人又得矣。为君之道，至毫发无遗憾。故曰："君哉，舜也！"又曰："舜其大知也！"夫彰善瘅恶者[⑭]，人道也；善恶无所不容纳者，天道也。尧乎，尧乎！此其所以为天也乎！厥后舜之子孙，宾诸陈，无一达人。后代有齐国，亦无一达人。惟田横之卒[⑮]，五百人从之，斯不愧祖宗风烈。非天之薄于大舜而不予以

---

① 钦明文思：语出《尚书·尧典》，是对尧德业的赞美词。

② 四表：指四方极远之地。格：变革，纠正。

③ 共工：中国古代神话中的洪水之神，传说他与颛顼发生战争，不胜，怒而头触不周山，使天地为之倾斜，驩兜（huān dōu）：是中国古代传说中的三苗族首领，传说因为与共工、鲧一起作乱，而被舜流放至崇山。

④ 鲧（gǔn）：夏禹的父亲。

⑤ 伯禹：即夏禹。

⑥ 契：子姓，帝喾之子，唐尧的异母弟，生母为简狄。

⑦ 稷：五谷之神，古代以稷为百谷之长，因此帝王奉祀为谷神。

⑧ 皋陶：上古传说中的人物，传说他是虞舜时的司法官，后常为狱官或狱神的代称。

⑨ 伯益：是五帝中颛项的后代，嬴姓的始祖。

⑩ 伯夷：伯夷为商末孤竹君之长子，姓墨胎氏。

⑪ 后夔：相传为舜掌乐之官。

⑫ 倕（chuí）：相传为中国上古尧舜时代的一名巧匠，善作弓、耒、耜等；鸠工：聚集工匠。

⑬ 殳戕（shū qiāng）、朱虎、熊罴（xióng pí）：都是舜帝之臣。

⑭ 瘅（dàn）：憎恨。

⑮ 田横：战国时齐国田氏的后代。

后也，其道已尽，其数已穷，更无从蕴而再发耳。若尧之后，至迂且远也。豢龙御龙，而有中山刘累[①]，至汉高而光有天下。既二百年矣，而又光武中兴。又二百年矣，而又先帝入蜀，以诸葛为之相，以关、张为之将；忠义满千古，道德继贤圣。岂非尧之留余不尽，而后有此发泄也哉！夫舜与尧同心同德同圣，而吾为是言者，以为作圣且有太尽之累，则何事而可尽也？留得一分做不到处，便是一分蓄积，天道其信然矣。且天亦有过尽之弊。天生圣人亦屡矣，未尝生孔子也。及生孔子，天地亦气为之竭而力为之衰，更不复能生圣人。天受其弊，而况人乎！昨在范县，与进士田种玉、孝廉宋纬言之，及来潍县，与诸生郭伟勣谈论，咸鼓舞震动，以为得未曾有。并书以寄老弟，且藏之匣中，待吾儿少长，然后讲与他听，与书中之意互相发明也。

潍县寄舍弟墨第三书

富贵人家延师傅教子弟[②]，至勤至切，而立学有成者，多出于附从贫贱之家[③]，而已之子弟不与焉[④]。不数年间，变富贵为贫贱：有寄人门下者，有饿莩乞丐者[⑤]。或仅守厥家[⑥]，不失温饱，而目不识丁；或百中之一亦有发达者，其为文章，必不能沉着痛快，刻

---

① 豢（huàn）龙御龙句：传说舜时有豢龙氏善驯龙，尧的后代刘累曾向其学豢龙术。

② 延：请。

③ 附从：依附、顺从。

④ 与：给。

⑤ 饿莩（piǎo）：饿死的人。

⑥ 厥家：代词，他的。

骨镂心，为世所传诵。岂非富贵足以愚人，而贫贱足以立志而浚慧乎[①]！我虽微官，吾儿便是富贵子弟，其成其败，吾已置之不论；但得附从佳子弟有成，亦吾所大愿也。至于延师傅，待同学，不可不慎。吾儿六岁，年最小，其同学长者当称为某先生，次亦称为某兄，不得直呼其名。纸笔墨砚，吾家所有，宜不时散给诸众同学。每见贫家之子，寡妇之儿，求十数钱，买川连纸钉仿字簿，而十日不得者，当察其故而无意中与之。至阴雨不能即归，辄留饭；薄暮，以旧鞋与穿而去。彼父母之爱子，虽无佳好衣服，必制新鞋袜来上学堂，一遭泥泞，复制为难矣。夫择师为难，敬师为要。择师不得不审，既择定矣，便当尊之敬之，何得复寻其短？吾人一涉宦途，即不能自课其子弟[②]。其所延师，不过一方之秀，未必海内名流。或暗笑其非，或明指其误，为师者既不自安，而教法不能尽心；子弟复持藐忽心而不力于学[③]，此最是受病处。不如就师之所长，且训吾子弟之不逮[④]。如必不可从，少待来年，更请他师；而年内之礼节尊崇，必不可废。

又有五言绝句四首，小儿顺口好读，令吾儿且读且唱，月下坐门槛上，唱与二太太、两母亲、叔叔、婶娘听，便好骗果子吃也。

二月卖新丝，五月粜新谷[⑤]；

① 浚慧：聪慧。

② 课：教育。

③ 藐忽：轻视。

④ 不逮：达不到。

⑤ 粜（tiào）：卖粮食。

医得眼前疮，剜却心头肉。
耘苗日正午[①]，汗滴禾下土；
谁知盘中餐，粒粒皆辛苦。
昨日入城市，归来泪满巾；
遍身罗绮者[②]，不是养蚕人。
九九八十一，穷汉受罪毕；
才得放脚眠，蚊虫虼蚤出。

潍县寄舍弟墨第四书

凡人读书，原拿不定发达。然即不发达[③]，要不可以不读书，主意便拿定也。科名不来，学问在我，原不是折本的买卖。愚兄而今已发达矣，人亦共称愚兄为善读书矣，究竟自问胸中担得出几卷书来？不过挪移借贷，改窜添补，便尔钓名欺世[④]。人有负于书耳，书亦何负于人哉！昔有人问沈近思侍郎[⑤]，如何是救贫的良法？沈曰：读书。其人以为迂阔[⑥]。其实不迂阔也。东投西窜，费时失业，徒丧其品[⑦]，而卒归于无济，何如优游书史中，不求获而得力在眉睫间乎！信此言，则富贵，不信，则贫贱，亦在人之有识与有决并有忍耳。

---

① 耘：锄。
② 罗绮：绫罗绸缎。
③ 即：即使。
④ 便尔：也不过是。钓名：做伪以求虚名。
⑤ 沈近思：字位山，运河镇五杭人。九岁即孤，家贫不能存活，送灵隐寺为僧。
⑥ 迂阔：迂腐而不切合实际。
⑦ 徒：白白地。

潍县署中与舍弟第五书

无论时文、古文、诗歌、词赋，皆谓之文章。今人鄙薄时文，几欲摒诸笔墨之外[①]，何太甚也？将毋丑其貌而不鉴其深乎[②]！愚谓本期文章，当以方百川制艺为第一，侯朝宗古文次之[③]；其他歌诗辞赋，扯东补西，拖张拽李，皆拾古人之唾余[④]，不能贯串，以无真气故也。百川时文精粹湛深[⑤]，抽心苗，发奥旨，绘物态，状人情，千回百折而卒造乎浅近。朝宗古文标新领异，指画目前，绝不受古人羁绁[⑥]；然语不遒[⑦]，气不深，终让百川一席。忆予幼时，行匣中惟徐天池《四声猿》[⑧]、方百川制艺二种，读之数十年，未能得力，亦不撒手，相与终焉而已。世人读《牡丹亭》而不读《四声猿》，何故？

文章以沉着痛快为最，《左》、《史》、《庄》、《骚》、杜诗、韩文是也。间有一二不尽之言，言外之意，以少少许胜多多许者，是他一枝一节好处，非六君子本色。而世间娵娵纤小之夫，专以此为能，谓文章不可说破，不宜道尽，遂訾人为刺刺不休[⑨]。夫

① 摒：排除。

② 丑：憎恶。

③ 侯朝宗：名方域，字朝宗。清代文学家。

④ 唾余：别人的点滴言论。

⑤ 百川：即方百川，名舟，字百川，方苞兄，三十七岁夫世。板桥称其“时文精辟湛深。”

⑥ 羁绁（jī xiè）：束缚、牵制。

⑦ 遒：遒劲有力。

⑧《四声猿》：明人徐渭的杂剧代表作，即《狂鼓史渔阳三弄》、《玉禅师翠乡一梦》、《雌木兰替父从军》、《女状元辞凰得凤》四部。

⑨ 訾（zǐ）：毁谤，非议。刺刺不休：形容说话唠叨，没完没了。

所谓刺刺不休者，无益之言，道三不着两耳。至若敷陈帝王之事业，歌咏百姓之勤苦，剖晰圣贤之精义，描摹英杰之风猷，岂一言两语所能了事？岂言外有言、味外取味者，所能秉笔而快书乎？吾知其必目昏心乱，颠倒拖沓，无所措其手足也。王、孟诗原有实落不可磨灭处，只因务为修洁，到不得李、杜沉雄。司空表圣自以为得味外味[①]，又下于王、孟一二等。至今之小夫，不及王、孟、司空万万，专以意外言外，自文其陋，可笑也。若绝句诗、小令词，则必以意外言外取胜矣。

“宵寐匪祯，札闼洪庥[②]。”以此訾人，是欧公正当处[③]，然亦有浅易之病。“逸马杀犬于道”，是欧公简炼处，然《五代史》亦有太简之病。

写字作画是雅事，亦是俗事。大丈夫不能立功天地，字养生民[④]，而以区区笔墨供人玩好，非俗事而何？东坡居士刻刻以天地万物为心，以其余闲作为枯木竹石，不害也。若王摩诘、赵子昂辈[⑤]，不过唐、宋间两画师耳！试看其平生诗文，可曾一句道着民

---

① 司空表圣：即司空图，唐代诗人、诗论家。

② 宵寐匪祯，札闼洪庥：欧阳修受命和宋祁一起编写《新唐书》。宋祁写文章时喜欢用古怪字句，欧阳修对他的文风不满意，于是他想了一个办法，在自己门上写了一副对联：“宵寐匪祯，札闼洪庥。”写好后就请宋祁来欣赏。宋祁看了不解其意，欧阳修笑说：“这还不懂？不就是‘夜梦不详，出门大吉’嘛。”

③ 欧公：即欧阳修。

④ 字：用文字。

⑤ 王摩诘：即王维，字摩诘，盛唐时期的著名诗人；赵子昂：即赵孟頫，字子昂，元代著名画家，楷书四大家（欧阳询、颜真卿、柳公权、赵孟頫之一。

间痛痒？设以房、杜、姚、宋在前[①]，韩、范、富、欧阳在后[②]，而以二子厕乎其间[③]，吾不知其居何等而立何地矣！门馆才情，游客伎俩，只合剪树枝、造亭榭、辨古玩、斗茗茶，为扫除小吏作头目而已，何足数哉！何足数哉！愚兄少而无业，长而无成，老而穷窘，不得已亦借此笔墨为糊口觅食之资，其实可羞可贱。愿吾弟发愤自雄，勿蹈乃兄故辙也[④]。古人云："诸葛君真名士。"名士二字，是诸葛才当受得起。近日写字作画，满街都是名士，岂不令诸葛怀羞，高人齿冷[⑤]？

与江宾谷江禹九书

学者当自树其帜。凡米盐船算之事，听气候于商人[⑥]，未闻文章学问，亦听气候于商人者也。吾扬之士，奔走躞蹀于其门[⑦]，以其一言之是非为欣戚[⑧]，其损士品而丧士气，真不可复述矣。贤昆玉悄然闭户[⑨]，寂若无人，而岳岳荡荡，如海如山，令人莫可穷测。嗟呼，其可贵也！文章有大乘法，有小乘法。大乘法易而有功，小乘法劳而无谓。《五经》、《左》、《史》、《庄》、《骚》、贾、

① 房、杜：指房玄龄、杜如晦。姚、宋：指姚崇、宋璟。

② 韩、范、富、欧阳：指韩琦、范仲淹、富弼、欧阳修，四人皆为宋仁宗时臣相。

③ 厕：参与，混杂在里面。

④ 勿蹈：不要重蹈。

⑤ 齿冷：耻笑，讥笑。指不光彩，不正当的行为让人鄙视耻笑。

⑥ 气候：一个团体或一个时期流行的倾向或环境、条件。

⑦ 躞蹀（xiè dié）：徘徊。

⑧ 欣戚：喜乐和忧戚。

⑨ 昆玉：称人兄弟的敬词。

董、匡、刘、诸葛武乡侯、韩、柳、欧、曾之文，曹操、陶潜、李、杜之诗，所谓大乘法也。理明词畅，以达天地万物之情，国家得失兴废之故。读书深，养气足，恢恢游刃有余地矣。六朝靡丽[①]，徐、庾、江、鲍、任、沈，小乘法也。取青配紫，用七谐三，一字不合，一句不酬，拈断黄须，翻空二酉[②]。究何与于圣贤天地之心、万物生民之命？凡所谓锦绣才子者，皆天下之废物也，而况未必锦绣者乎！此真所谓劳而无谓者矣。且夫读书作文者，岂仅文之云尔哉？将以开心明理，内有养而外有济也。得志则加之于民，不得志则独善其身，亦可以化乡党而教训子弟。切不可趋风气，如扬州人学京师穿衣戴帽，才赶得上，他又变了。何如圣贤精义，先辈文章，万世不祧也[③]。贤昆玉果能自树其帜，久而不衰，燮虽不肖，亦将戴军劳帽，穿勇字背心，执水火棍棒，奔走效力于大纛之下[④]。岂不盛哉！岂不快哉！曹氏父子，萧家骨肉，一门之内，大小殊轨[⑤]。曹之丕、植，萧之统、绎，皆有公子秀才气，小乘也。老瞒《短歌行》，萧衍《河中之水》歌，勃勃有英气，大乘也。彼虽毒蛇恶兽，要不同于蟋蟀之鸣，蛱蝶之舞；而况麒麟鸾凤之翔，化雨和风之洽乎！司马相如，大乘也，而入于小乘，以其逞词华而媚合也。李义山[⑥]，小乘也，而

① 靡丽：文采富丽。

② 二酉：指大酉山、小酉山，是轩辕黄帝藏书之处。

③ 不祧（tiāo）：比喻永久不可废除的事物。

④ 大纛（dà dào）：古代行军中或重要典礼上的大旗。

⑤ 殊轨：不同的轨道，比喻差距甚大。

⑥ 李义山：即李商隐，字义山，号玉溪生、樊南生。晚唐诗人。

归于大乘，如《重有感》、《随师东》、《登安定城楼》、《哭刘蕡》、《痛甘露》之类，皆有人心世道之忧，而《韩碑》一篇，尤足以出奇而制胜。青莲多放逸，而不切事情。飞卿叹老嗟卑，又好为艳冶荡逸之调，虽李、杜齐名，温、李合噪，未可并也。词与诗不同，以婉丽为正格，以豪宕为变格。燮窃以剧场论之：东坡为大净，稼轩外脚，永叔、邦卿正旦[①]，秦淮海、柳七则小旦也[②]。周美成为正生[③]，南唐后主为小生，世人爱小生定过于爱正生矣。蒋竹山、刘改之是绝妙副末，草窗贴旦，白石贴生。不知公谓然否？板桥弟郑燮顿首宾谷七哥、禹九九哥二长兄文几。乾隆戊辰九日，潍县顿首[④]。

与金农书一

赐示《七夕诗》，可谓词严义正，脱尽前人窠臼[⑤]，不似唐人作为一派亵狎语也[⑥]。夫织女乃衣之源，牵牛乃食之本，在天星为最贵，奈何作此不经之说乎！如作者云云，真能助我张目者，惜世人从未道及[⑦]，殊可叹也。我辈读书怀古，岂容随声附和乎！世俗少见多怪，闻言不信，通病也。作札奉寄，慎勿轻以示人。寿门征君。弟燮顿首。

① 邦卿：即史达祖，字邦卿，南宋词人。

② 柳七：即柳永，因排行第七，世称柳七。北宋词人。

③ 周美成：名邦彦，字美成，北宋词人。

④ 顿首：叩头下拜（常用于书信、名帖中的敬辞）。

⑤ 窠臼：指依据的老套子。

⑥ 亵狎（xiè xiá）：轻慢，不庄重。

⑦ 道及：提及。

与金农书二

词学始于李，唐人惟青莲诸子[①]，略见数首，余则未有闻也。太白《菩萨蛮》二首，诚千古绝调矣。作词一道，过方则近于诗，过圆则流于曲，甚矣，词学之难也！承示新词数阕，俱不减苏、辛也[②]。燮虽酷好填词，其如珠玉在前，翻多形秽耳[③]。板桥弟燮书寄寿门老哥展。

与金农书三

古董一道，真必有伪，譬之文章[④]，定多赝作，非操真鉴者[⑤]，不能辨也。夏鼎商彝，世不多有，而见者殊希[⑥]。老哥雅擅博物，燮曾有“九尺珊瑚照乘珠，紫髯碧眼号商胡”诗以持赠矣。然窃有说焉：世间可宝贵者，莫若《易象》[⑦]、《诗》、《书》、《春秋》、《礼》、《乐》，斯岂非世上大古器乎！不此之贵，而玩物丧志，奚取焉！然此只堪为知者道耳。狂愚之论，敢以质之高明。寿门征士，燮奉简。

---

① 青莲：指李白。

② 苏、辛：指苏轼和辛弃疾。

③ 形秽：形态鄙俗、丑陋。多作谦辞。

④ 譬：比如。

⑤ 操：拿。

⑥ 殊希：稀少。

⑦《易象》：即《周易》。

与杭世骏书[①]

君由鸿博[②]，地处清华[③]，当如欧阳永叔在翰苑时，一洗文章浮靡积习[④]，慎勿因循苟且[⑤]，随声附和，以投时好也。数载相知，于朋友有责善之道，勿以冒渎为罪[⑥]，是所冀于同调者。堇浦词兄，弟燮顿首。

与丹翁书

昨有人传老兄息辞数语，不知的否[⑦]？细味之[⑧]，真非大笔不能也。冒滥领赈，当途所最忌。乃云：写赈时原有七口，后一女出嫁，一仆在逃，只剩五口；在首者既非无因，而领者原非虚冒。宜州尊见之而赏心，板桥闻之而击节也。此等辞令，固非庸手所能，亦非狠手所办，真是解连环妙手。夫妙则何可方物乎？千古好文章，只是即景即情，得事得理，固不必引经断律，称为辣手也[⑨]。吾安能求之天下如老长兄者，日与之谈文章秘妙，经史神髓乎？真可以消长夏、度寒宵矣。

令公子病，甚为忧心。只宜闲静，少出门为妙。令爱君归

① 杭世骏：字太宗，号堇浦。曾举荐博学鸿词科。

② 鸿博：即博学鸿词科，封建王朝临时设置的考试科目。录取者授予翰林官。

③ 清华：清高显贵的门第或官职。

④ 浮靡积习：浮华奢侈的习气。

⑤ 因循苟且：沿袭旧的，敷衍应付。

⑥ 冒渎：冒犯、亵渎。

⑦ 的：确实，准定。

⑧ 味：品味。

⑨ 辣：狠毒。

宁[①]，弟无物堪赠，他日当作书画一两通表意耳。来银二金收讫。画三幅与令姪，并照人，遂不复另启也。

言溥兄书来八金九甲，画一张、联一副，代书旧联，承老长兄推毂[②]，谢复何言。板桥弟郑燮顿首丹翁世长兄先生尊前。

与焦五斗书

早间遣奴子送墨兰一幅，想已呈览，乞为教正。不过糊墙粘壁之物，未足入高人赏鉴也。汪锡三兄家开吊，弟为治宾，仍须白里外褂。去年所借宫绸袂套，祈发来手[③]，用后即赵上。待雪晴后，更当谋一聚之欢也。弟板桥郑燮顿首五斗老长兄前。庆余。

与勖宗上人书[④]

燮旧在金台，日与上人作西山之游，夜则挑灯煮茗[⑤]，联吟竹屋，几忘身处尘世，不似人海中也。迄今思之，如此佳会，殊不易遘[⑥]。兹待凉秋，定拟束装北上[⑦]。适有客入都之便，先此寄声；小诗一章，聊以道意："昔到京师必到山，山之西麓有禅关；为言九月吾来住，检点白云房半间。"勖尊者，弟燮顿首。

① 归宁：回家省亲。多指已嫁女子回娘家看望父母。

② 推毂（gǔ）：比喻推荐人才，或助人成事。

③ 祈：请求。

④ 勖宗上人：郑板桥在北京结识的僧人。

⑤ 煮茗：煮茶。

⑥ 遘（gòu）：遇。

⑦ 束装：收拾行装。

与光缵书

承三枉顾，而不得一回候，罪何如也。溽暑炎敲[①]，蒸耳灼目，三游湖而三病，两拜客而两病，老朽残躯，惟裹足杜门为便耳[②]。高明谅之。

偶画折枝兰一盆，以为清供，亦消暑之一法也。板桥弟郑燮顿首光缵四哥足下。乾隆辛巳七月二日。

① 溽（rù）暑：夏天潮湿而闷热的气候。

② 杜门：闭门。

杂著卷

板桥自叙

板桥居士，姓郑氏，名燮，扬州兴化人。兴化有三郑氏，其一为“铁郑”，其一为“糖郑”，其一为“板桥郑”。居士自喜其名，故天下咸称为郑板桥云[①]。板桥外王父汪氏[②]，名翊文，奇才博学，隐居不仕。生女一人，端严聪慧特绝，即板桥之母也。板桥文学性分，得外家气居多。父立庵先生，以文章品行为士先。教授生徒数百辈[③]，皆成就。板桥幼随其父学，无他师也。幼时殊无异人处，少长，虽长大，貌寝陋[④]，人咸易之[⑤]。又好大言，自负太过，漫骂无择。诸先辈皆侧目，戒勿与往来。然读书能自刻苦，自愤激，自竖立，不苟同俗，深自屈曲委蛇[⑥]，由浅入深，由卑及高，由迩达远[⑦]，以赴古人之奥区，以自畅其性情才力之所不尽。人咸谓板桥读书善记，不知非善记，乃善诵耳。板桥每读一书，必千百遍。舟中、马上、被底，或当食忘匕箸，或对客不听其语，并自忘其所语，皆记书默诵也。书有弗记者乎？

---

① 咸：都。

② 外王父：外祖父。

③ 生徒：指弟子学生。

④ 寝陋：容貌丑陋。

⑤ 易：轻视。

⑥ 屈曲委蛇：曲折行进。

⑦ 迩：近。

平生不治经学，爱读史书以及诗文词集，传奇说簿之类，靡不览究[①]。有时说经，亦爱其斑驳陆离[②]，五色炫烂。以文章之法论经，非《六经》本根也。

酷嗜山水。又好色，尤多余桃口齿[③]，及椒风弄儿之戏[④]。然自知老且丑，此辈利吾金币来耳。有一言干与外政[⑤]，即叱去之，未尝为所迷惑。好山水，未能远迹；其所经历，亦不尽游趣。乾隆十三年，大驾东巡，燮为书画史，治顿所[⑥]，卧泰山绝顶四十余日，亦足豪矣。

所刻诗钞、词钞、道情十首、与舍弟书十六通，行于世。善书法，自号“六分半书”。又以余闲作为兰竹，凡王公大人、卿士大夫、骚人词伯、山中老僧、黄冠炼客，得其一片纸、只字书，皆珍惜藏庋[⑦]。然板桥从不借诸人以为名。惟同邑李鲜复堂相友善。复堂起家孝廉，以画事为内廷供奉。康熙朝，名噪京师及江淮湖海，无不望慕叹羡。是时板桥方应童子试，无所知名。后二十年，以诗词文字与之比并齐声[⑧]。

① 靡：分散。

② 斑驳陆离：色彩纷杂。

③ 多：赞许。余桃口齿：典出《韩非子·说难》，卫国国王卫灵公特爱一位叫弥子瑕的美男子，一天弥子瑕与卫灵公在果园中游玩，弥子瑕吃到一个极为香甜的桃子，便把剩下的一半留给国王，卫灵公竟然不顾君臣礼统，甘吃余桃，曰：“爱我哉！忘其口味，以啖寡人。”余桃借指美貌男子。

④ 椒风：原用为嫔妃的代称，这里指戏中角色。戏：游戏，一说为表演。

⑤ 干与：参与。外政：分外的事。

⑥ 治：管理。顿所：停留、止息的地方。

⑦ 藏庋（guǐ）：收藏。

⑧ 比并：并列、比肩。

索画者，必曰复堂；索诗字文者，必曰板桥。且愧且幸，得与前贤埒也[①]。李以滕县令罢去。板桥康熙秀才，雍正壬子举人，乾隆丙辰进士。初为范县令，继调潍县。乾隆己巳，时年五十有七。

板桥诗文，自出己意，理必归于圣贤，文必切于日用。或有自云高古而几唐宋者，板桥辄呵恶之，曰：“吾文若传，便是清诗清文；若不传，将并不能为清诗清文也。何必侈言前古哉！”明清两朝，以制艺取士，虽有奇才异能，必从此出，乃为正途。其理愈求而愈精，其法愈求而愈密。鞭心入微，才力与学力俱无可恃，庶几弹丸脱手时乎？若漫不经心，置身甲乙榜之外，辄曰：“我是古学”，天下人未必许之，只合自许而已。老不得志，仰借于人，有何得意？

贾、董、匡、刘之作，引绳墨[②]，切事情。至若韩信登坛之对，孔明隆中之语，则又切之切者也。理学之执持纲纪，只合闲时用着，忙时用不着。板桥十六通家书，绝不谈天说地，而日用家常，颇有言近旨远之处。

板桥非闭户读书者，长游于古松、荒寺、平沙、远水、峭壁、墟墓之间。然无之非读书也。求精求当，当则粗者皆精，不当则精者皆粗。思之，思之，鬼神通之！

板桥又记，时年已五十八矣。

---

① 埒（liè）：等同。

② 绳墨：比喻规矩或法度。

书自叙赠刘柳村

《道情》十首，作于雍正七年，改削十四年，而后梓而问世。传至京师，幼女招哥首唱之，老僧起林又唱之，诸贵亦颇传颂，与词刻并行。

拙集诗词二种，都人士皆曰："诗不如词。"扬州人亦曰："词好于诗。"即我亦不敢辩也。

游西湖，谒杭州太守吴公作哲①，出纸二幅，索书画。一画竹、一写字。湖州太守李公堂见而讶之曰："公何得有此？"遂攫之而去②。吴曰："是不难得，是人现在此，公至南屏静寺访之，吾先之作介绍可也。"次日，泛舟相访，置酒湖上为欢；醉后，即唱予《道情》以相娱乐，云："十年前得之临清王知州处，即爱慕至今，不知今日得会于此！"遂邀至湖，游苕溪、雪溪、卞山、白雀，而道场山尤胜也。府署亭池馆榭甚佳，皆吾扬吴听翁先生所修葺。

虎墩吴其相者，海上盐鳖户也③，貌粗鄙，亦能诵《四时行乐歌》；制酒为寿。同人皆以为咄咄怪事④。

高丽国索拙书，其相李艮来投刺⑤，高尺二寸，阔五寸，厚半寸，如金版玉片，可击扑人。今存枝上村文思上人家，盖天宁寺

① 谒：拜见。

② 攫：夺取。

③ 盐鳖（piě）：制盐的民户。

④ 咄咄怪事：形容不合常理，难以理解的怪事。

⑤ 投刺：投名片请求谒见。

西院也。

妙真正真人娄近垣与予善[①]，令其侍者十三郎歌予诗词，飘飘有云外之响。予爱之，遂举以赠。董耻夫亦令其歌《竹枝》焉。后三年，求去，泣不可留，仍返于娄。想其仙骨，不乐久住人世俗尘嚣热耶？

板桥自京师落拓而归[②]，作《四时行乐歌》，又作《道情》十首。四十举于乡，四十四岁成进士，五十岁为范县令，乃刻拙集。是时乾隆七年也。

新安孝廉曹君，是墨人曹素功后裔。尝持藏墨三十二挺，谒予易《词钞》一册，且云："公有《官宦家》词：'朝霞楼阁冷，尚牡丹贪睡，鹦哥未醒。'不但措词雅令，而一种荒淫灭亡之气，已藏其中，所以甚妙。"故乡曹公知言，故亦以词称。

紫琼崖道人，慎郡王也。赠诗："按拍遥传月殿曲，走盘乱泻蛟宫珠。"愧不敢当，然亦佳句。

南通州李瞻云，吾年家子也[③]。曾于成都摩诃池上听人诵予《恨》字词，至"蓬门秋草，年年破巷；疏窗细雨，夜夜孤灯"，皆有赍咨涕洟之意[④]。后询其人，盖已家弦户诵有年。想是费二执御挟归耶？

---

① 娄近垣：为清代正一派道士。字朗斋，号三臣又号上清外史。雍正十一年八月，封其为"妙正真人"。

② 落拓：落魄。

③ 李瞻云：即李霁，字瞻云，号岑村，乾隆二十二年迎銮献诗赋。工楷隶，善兰竹。年家子：科举制度中，称同榜登科者的晚辈为年家子。

④ 赍（qí）咨：叹息。涕洟：流鼻涕、眼泪。

《兰亭》六种枣木刻，《武王十三铭》八分书碑，在范县。临济派满天下[①]，祖庭不修可悲也。予作碑以新之，在大名府东关外。潍县城隍庙碑最佳，惜其拓本少尔。

（中阙四页）

板桥貌寝，既不见重于时，又为忌者所阻，不得入试。愈愤怒，愈迫窘，愈敛厉，愈微细，遂作《淮父》一首，倍其调为双叠，亦自立门户之意也。

板桥最穷最苦，貌又寝陋，故长不合于时；然发愤自雄，不与人争，而自以心竞。四十外乃薄有名，所谓'诸生曰万盈，四十乃知名'也。其名之所到，辄渐加而不渐淡，只是中有汁浆耳。庄生谓："鹏怒而飞[②]，其翼若垂天之云。"古人又云："草木怒生。"然则万事万物何可无怒耶？板桥书法以汉八分杂入楷行草[③]，以颜鲁公《座位稿》为行款，亦是怒不同人之意。　乾隆庚辰秋日，为柳村刘三兄书此十二页。

板桥后序

板桥居士读书求精不求多，非不多也，唯精乃能运多，徒多徒烂耳。少陵七律、五律、七古、五古、排律皆绝妙[④]，一首可值千金。板桥无不细读，而尤爱七古，盖其性之所嗜，偏重在此。

① 临济派：即临济宗。中国佛教禅宗五家之一。

② 怒：奋起、奋发。

③ 八分：汉隶的别名。

④ 排律：律诗的一种。

《曹将军丹青引》、《渼陂行》、《瘦马行》、《兵车行》、《哀王孙》、《洗兵马》、《缚鸡行》、《赠毕四曜》，此其最者；其余不过三四十首，并前后《打鱼歌》，尽在其中矣。是《左传》，是《史记》，似《庄子》、《离骚》，而六朝香艳，亦时用之以为奴隶。大哉杜诗，其无所不包括乎！

七律诗《秋兴》八首、《诸将》五首、《咏怀古迹》五首，皆由此而推之。五律诗《秦州杂诗》二十首、《咏物》三十余首、《达行在所》三首，皆由此而推之。五言古诗前后《出塞》、《新婚别》、《垂老别》、《无家别》、《北征》、《彭衙行》，以及排律之《经昭陵》、《重经昭陵》、《别严贾二阁老》、《别高岑》，皆由此而推之。立志不分，乃凝于神。

板桥平生，无不知己，无一知己。其诗文字画，每为人爱，求索无休时，略不遂意，则怫然而去[①]。故今日好，为弟兄，明日便成陌路。

紫琼崖主人极爱惜板桥[②]，尝折简相招[③]，自作骈体五百字以通意，使易十六祖式、傅雯凯亭持以来。至则袒而割肉以相奉，且曰："昔太白御手调羹，今板桥亲王割肉，后先之际，何多让焉！"

板桥游历山水虽不多，亦不少；读书虽不多，亦不少；结交天下通人名士虽不多，亦不少。初极贫，后亦稍稍富贵；富贵后

① 怫然：愤怒的样子。

② 紫琼崖主人：即爱新觉罗允禧，原名胤禧，因避雍正帝讳改为"允"，字谦斋，号紫琼，亦作紫嶠，别号紫琼崖道人。

③ 折简：即写信。

亦稍稍贫。故其诗文中无所不有。

陋轩诗最善说穷苦[①]，惜其山水不多，接交不广，华贵一无所有。所谓一家言，未可为天下才也。板桥诗如《七歌》，如《孤儿行》，如《姑恶》，如《逃荒行》、《还家行》，试取以与陋轩同读，或亦不甚相让。其他山水、禽鱼、城郭、宫室、人物之茂美，亦颇有自铸伟词者。而又有长短句及家书，皆世所脍炙[②]。待百年而论定，正不知鹿死谁手。

乾隆庚辰，郑燮克柔甫自叙于汪氏之文园，与刘柳村册子合观之，亦足以知其梗概。

叹老嗟卑，是一身一家之事；忧国忧民，是天地万物之事。虽圣帝明王在上，无所可忧，而往古来今，何一不在胸次？叹老嗟卑，迷花顾曲，偶一寓意可耳，何谆谆也！燮又记。

题丁有煜石砚[③]

南唐宝石，为我良田。缜密以栗，清润而坚。麋丸起雾[④]，麦光浮烟。万言日试，倚马待焉。降尔遐福，受禄于天。如山之寿，于万斯年。　　板桥郑燮志。

① 陋轩：即吴嘉纪，字宾贤，室号陋轩。清初诗人。

② 脍炙：脍，切细的鱼、新鲜肉；炙，烤肉。古代鲜肉一般用火炙，干肉则用火烤。脍炙，是人们所共同喜好的，后来把诗文为人所称颂叫作“脍炙人口”。

③ 丁有煜：字丽中，一字介堂，号石可，晚号个道人，清代著名书画家。

④ 麋丸：墨的代称。

板桥偶记

扬州二月，花时也。板桥居士晨起，由傍花村过虹桥，直抵雷塘[①]，问玉勾斜遗迹，去城盖十里许矣。树木丛茂，居民渐少，遥望文杏一株，在围墙竹树之间。叩门迳入[②]，徘徊花下。有一老媪[③]，捧茶一瓯，延茅亭小坐[④]。其壁间所贴，即板桥词也。问曰："识此人乎？"答曰："闻名，不识其人。"告曰："板桥，即我也。"媪大喜，走相呼曰："女儿子起来，女儿子起来！郑板桥先生在此也。"是刻已日上三竿矣，腹馁甚[⑤]。媪具食[⑥]。食罢，其女艳妆出，再拜而谢曰："久闻公名，读公词，甚爱慕，闻有《道情十首》，能为妾一书乎？"板桥许诺。即取淞江蜜色花笺，湖颖笔，紫端石砚，纤手磨墨，索板桥书。书毕，复题《西江月》一阕赠之，其词曰："微雨晓风初歇，纱窗旭日才温；绣帏香梦半曚腾，窗外鹦哥未醒。　蟹眼茶声静悄，虾须帘影轻明；梅花老去杏花匀，夜夜胭脂怯冷。"母女皆笑领词意。问其姓，姓饶；问其年，十七岁矣。有五女，其四皆嫁，惟留此女为养老计，名五姑娘。又曰："闻君失偶，何不纳此女为箕帚妾？亦不恶，且又慕君。"板桥曰："仆寒士，何能得此丽人？"媪曰："不求多金，

---

① 直抵：直达。

② 叩门：敲门。迳：同"径"。

③ 老媪：老妇人。

④ 延：邀请。

⑤ 腹馁：肚子饿。

⑥ 具：准备。

但足养老妇人者可矣。”板桥许诺，曰：“今年乙卯，来年丙辰计偕，后年丁巳，若成进士，必后年乃得归，能待我乎？”媪与女皆曰：“能。”即以所赠词为订。明年，板桥成进士，留京师。饶氏益贫，花钿服饰，折卖略尽。宅边有小园五亩，亦售人。有富贾者，发七百金，欲购五姑娘为妾。其母几动，女曰：“已与郑公约，背之不义。七百两亦有了时耳。不过一年，彼必归，请待之。”江西蓼洲人程羽宸，过真州江上茶肆，见一对联云：“山光扑面因朝雨，江水回头为晚潮。”傍写‘板桥郑燮题”。甚惊异，问何人，茶肆主人曰：“但至扬州，问人便知一切。”羽宸至扬州，问板桥，在京，且知饶氏事，即以五百金为板桥聘资授饶氏。明年，板桥归，复以五百金为板桥纳妇之费。常从板桥游，索书画。板桥略不可意，不敢硬索也。羽宸年六十余，颇貌板桥，兄事之。

江秩文[①]，小字五狗，人称为五狗江郎。甚美丽。家有梨园子弟十二人，奏十种番乐者[②]。十二人皆少俊，主人一出，俱废矣。其园亭索板桥一联句，题曰：“草因地暖春先翠，燕为花忙暮不归。”江郎喜曰：“非惟切园亭，并切我。”遂彻玉杯为寿。

常二书民有园[③]，索板桥题句。题曰：“怜莺舌嫩由他骂，爱

① 江秩文：郑板桥第二次在扬州卖画时认识的艺人。

② 十种番乐：是起源于明代的一种合奏乐，其乐器随着自身的演变和时代的变迁而不断扩展，流传地区也日渐广泛，至清代盛行开来以后，使用场合也逐渐扩大，甚至被用之于歌榭酒肆之中。

③ 常二书民：即常书民。

柳腰柔任尔狂。”常大喜，以所爱僮赠板桥，至今未去也。

王箬林澍[①]，金寿门农，李复堂鲜，黄松石树谷、后名山，郑板桥燮，高西唐翔，高凤翰西园，皆以笔租墨税，岁获千金，少亦数百金，以此知吾扬之重士也。乾隆十二年，岁在丁卯，济南锁院[②]，板桥居士偶记。

花品跋[③]

仆江南逋客[④]，塞北羁人[⑤]。满目风尘，何知花月；连宵梦寐，似越关河。金樽檀板，入疏篱密竹之间；画舸银筝，在绿若红蕖之外。痴迷特甚，惆怅绝多。偶得乌丝，遂抄《花品》。行间字里，一片乡情；墨际毫端，几多愁思。书非绝妙，赠之须得其人；意有堪传，藏者须防其蠹[⑥]。　雍正三年十月十九日，板桥郑燮书于燕京之忆花轩。

四书手读序

板桥生平最不喜人过目不忘，而《四书》《五经》自家又未尝时刻而稍忘。无他，当忘者不容不忘，不当忘者，不容不不忘耳。戊申之春，读书天宁寺，呫哔之暇[⑦]，戏同陆、徐诸砚友赛

---

① 王箬林：一作王若霖，金坛人，为方苞挚友。

② 锁院：此处指乡试考场。

③ 跋：写在文章、书籍等后面的短文。

④ 逋（bū）客：指隐士或无官失意的人。

⑤ 羁人：寄居作客的人。

⑥ 蠹：蛀蚀。

⑦ 呫（chè）哔：低声说话。

《经》□生熟。市坊间印格，日默三五纸，或一二纸，或七、八、十余纸，或兴之所至，间可三二十纸。不两月而竣工。虽字有真草讹减之不齐，而语句之间，实无毫厘错谬[①]。固诵读之勤，亦刻苦之验也。

孔夫子删书，圣也；秦始皇烧书，暴也。则非始皇与孔子，前人著作，不得妄加芟除矣[②]。近见有腐儒老伧[③]，以全《礼》不便幼学，甚且不便两闱[④]，简而为《礼注》，又简而为提要，为心典，殊可痛恨[⑤]。夫使《礼》果可删，前人亦可必著之为经？既已著之为经，吾人复从而删之，不几欲法孔子而师始皇乎？可乎，不可乎？而要之亦无足深怪。此老伧腐儒之见，亦仅为不便幼学，不便两闱。夫不便幼学，则其见不出乎小儿；不便两闱，则其见不过望着中举、中进士，做个小官，弄几个钱养活老婆儿女。以言夫日月经天，江河行地，处而正心诚意，出而致君泽民，其义固茫乎莫辨也。而必沾沾焉与之论可删不可删，亦何异馈聋以声，谕瞽以色！

黄涪翁有杜诗抄本[⑥]，赵松雪有《左传》抄本[⑦]，皆为当时欣慕，后人珍藏，至有争之而致讼者。板桥既无涪翁之劲拔，又鄙松雪之滑熟，徒矜奇异，创为真隶相参之法，而杂以行草，究之

① 毫厘：非常微小。

② 芟（shān）除：除去。

③ 老伧：粗野之人。

④ 两闱：指春闱、秋闱，即科举制度中春季、秋季举行的。闱，试院。

⑤ 殊：很，特别。

⑥ 黄涪翁：即黄庭坚。

⑦ 赵松雪：即赵孟頫，字子昂，号松雪，松雪道人，元代著名画家。

师心自用，无足观也。博雅之士，幸仍重之以经，而书法之优劣，万不必计。

扬州竹枝词序

秋云再削，瘦漏如文；春冻重雕，玲珑似笔。挟荆轲之匕首，血濡缕而皆亡[①]；燃温峤之灵犀[②]，怪无微而不照。招尤惹谤[③]，割舌奚辞；识曲怜才，焚香恨晚。盖广陵风俗之变，愈出愈奇；而董子调侃之文[④]，如铭如偈也。更有失路名流，抛家荡子，黄冠缁素[⑤]，皂隶屠沽[⑥]，例得载于诗篇，并且标其名目。譬夫酿家纪叟[⑦]，青莲动问于黄泉；乐部龟年[⑧]，杜甫伤心于江上。琵琶商妇[⑨]，白老歌行；石鼎轩辕，昌黎序次。修翎已失，犹怜好鸟之音；碧叶虽凋，忍弃名花之本。酒情跳荡，市上呼驺；诗兴癫狂，坟头拉鬼。于嬉笑怒骂之中，具潇洒风流之致。身轻似叶，原不借乎

---

① 濡：沾湿，润泽。

② 温峤：字泰真，是温羡的弟弟温襜之子。东晋政治家。灵犀：比喻两心相通。

③ 尤：怨恨。谤：恶意攻击别人，说别人的坏话。

④ 董子：即董伟业，《扬州竹枝词》的作者。

⑤ 缁素：黑和白。

⑥ 皂隶：旧时衙门里的差役。屠沽：宰牲和卖酒。亦泛指职业微贱的人。

⑦ 酿家纪叟：一位善于酿酒的老师傅，李白曾为他写诗一首《哭宣城善酿纪叟》，纪叟离开人世，引起诗人深深的惋惜和怀念。诗人痴情地想象这位酿酒老人死后的生活。既然生前他能为我李白酿出老春名酒，那么如今在黄泉之下，他也应该还会施展他的拿手绝招，继续酿造香醇的美酒。

⑧ 龟年：即李龟年，唐时乐工，李龟年善歌，还擅吹筚篥，擅奏羯鼓，也长于作曲等。

⑨ 琵琶商妇：白居易《琵琶行》中的人物。

缙绅[①]；眼大如箕，又何知夫钱虏[②]。

乾隆五年九月朔日，楚阳板桥居士郑燮题。

题许松龄隶书轴

浑古迂拙[③]，精满骨脱，钟繇欲死[④]，中郎欲活[⑤]。后学郑燮复题十六字。

随猎诗草、花间堂诗草跋

紫琼崖主人者[⑥]，圣祖仁皇帝之子[⑦]、世宗宪皇帝之弟[⑧]、今上之叔父也。其胸中无一点富贵气，故笔下无一点尘埃气。专与山林隐逸、破屋寒儒争一篇一句一字之短长，是其虚心善下处，即是其辣手不肯让人处。

学问二字，须要拆开看。学是学，问是问。今人有学而无问，虽读书万卷，只是一条钝汉尔。琼崖主人读书好问，一问不得，不妨再三问，问一人不得，不妨问数十人，要使疑窦释然[⑨]，精理迸露。故其落笔晶明洞彻，如观火观水也。

① 缙绅：有官职的或做过官的人。

② 钱虏：有钱而非常吝啬的人。

③ 迂拙：拘泥守旧。

④ 钟繇：字元常，三国时期曹魏著名书法家、政治家。

⑤ 中郎：指曹丕。初为五官中郎将，后嗣位为丞相，魏王。

⑥ 紫琼崖主人：即爱新觉罗允禧，原名胤禧，因避雍正帝讳改为“允”，字谦斋，号紫琼，别号紫琼崖道人。

⑦ 圣祖仁皇帝：即清朝皇帝玄烨，年号康熙，1661—1722 年在位。庙号清圣祖。

⑧ 世宗宪皇帝：即清朝皇帝胤禛，年号雍正，1722—1735 年在位。庙号清世宗。

⑨ 疑窦：疑惑。

善读书者曰攻、曰扫。攻则直透重围，扫则了无一物。紫琼道人深得读书三昧，便有一种不可羁勒之处[①]。试读其诗，如岳鹏举用兵[②]，随方布阵，缘地结营，不必武侯八阵图矣。曰清、曰轻、曰新、曰馨。偶然得句，未及写出，旋又失之，虽百思之不能续也。又有成局已构，及援笔兴来，绝非□□，若有神助者。主人深于此道，两种境地，集中皆有。

一兽奔来万众呼，是大景；毡帏戏插路傍花，是小景。偶然得之，便尔成趣。

《五经》、《廿一史》、《藏》十二部，句句都读，便是呆子；汉魏六朝、三唐、两宋诗人，家家都学，便是蠢才。紫琼道人读书精而不骛博[③]，诗则自写性情，不拘一格，有何古人，何况今人！

主人深居独坐，寂若无人，辄于此中领会微妙。无论声色子女不得近前，即谈诗论文之士亦不得入室。盖谈诗论文，有粗鄙熟烂者，有旁门外道者，有泥古至死不悟者[④]，最足损人神智，反不如独居寂坐之谓领会也。

紫琼道人□□□□□渊默自涵，一旦心花怒发，便如太华峰头十丈莲矣。

他人作诗何其易，主人作诗何其难？千古通人，总是此个难字。他人检阅旧诗辄便得意，主人检阅旧稿辄不自安；即此不自

① 羁勒：管制、束缚。
② 岳鹏举：即岳飞，字鹏举，南宋抗金名将。
③ 骛博：广泛涉猎。
④ 泥：拘泥。

安处，所谓前途万里长也。

问琼崖之诗已造其极乎？曰：未也。主人之年才三十有二，此正其勇猛精进之时。今所刻诗，乃前矛[①]，非中权，非后劲也[②]。执此为陶、谢复生，李、杜再作，是谄谀之至，则吾岂敢！

英伟俊拔之气，似杜牧之；春融澹泊之致，似韦□□；□□清远之态，似王摩诘，沉□□□□□，似杜少陵、韩退之。种种境地，已具有古人骨干。不数年间，登其堂、入其室、探其钥、发其藏矣。

主人有三绝：曰画、曰诗、曰字。世人皆谓诗高于画，燮独谓画高于诗，诗高于字。盖诗、字之妙，如不云之月，带露之花。百岁老人，三尺童子，无不爱玩。至其画，则荒河乱石，盲风怪雨，惊雷掣电，吾不知之，主人亦不自知也。世人读其诗，更读其画，则不知足之蹈之，手之舞之。

此题后也，若作叙，则非燮之所敢当矣。故段段落落，随手写来，以见不敢为序之意。　　乾隆七年六月二十五日，板桥郑燮谨顿首顿首。

跋临兰亭序

黄山谷云[③]：世人只学兰亭面，欲换凡骨无金丹。可知骨不可凡，面不足学也。况兰亭之面[④]，失之已久乎！板桥道人以中郎

① 前矛：前列。

② 后劲：显露较慢的作用或力量。

③ 黄山谷：即黄庭坚。

④ 况：何况。

之体[①]，运太傅之笔[②]，为右军之书[③]，而实出以己意，并无所谓蔡、锺、王者，岂复有兰亭面貌乎！古人书法入神超妙，而石刻木刻，千翻万变，遗意荡然。若复依样葫芦，才子俱归恶道。故作此破格书，以警来学，即以请教当代名公，亦无不可。

乾隆八年七月十八日，兴化郑燮并记。

李约社诗集序

康熙间，吾邑有三诗人：徐公白斋、陆公种园、李公约社[④]。徐诗颖秀，陆诗疏荡，李诗沉着。三君子相友善，又互为磋磨琢切，以底于成。徐则诗之外兼攻制艺，陆又以诗余擅场[⑤]，惟约社先生专治诗，呕心吐肺，抉胆搜髓[⑥]，不尽不休。燮以后辈，从徐、陆二公，谒约社于家[⑦]。其时海棠盛放，命酒为欢。三公论诗，虽毫黍尺寸不相假也[⑧]。是后，燮薄游四方。三君子相次下世。及归，无一存者。乾隆丙子春，有女奴捧约社先生集，属序于燮，且传其主母冯夫人之命。夫人为约社子媳，守节三十年，食贫茹苦，抱遗书、旧砚、残毫、破卷，不敢废。今又以心枯力

---

① 中郎之体：秦时设置，汉时沿用，担任宫中护卫、侍从。

② 太傅之笔：起始于春秋时期的晋国，为国王的辅佐大臣，掌管礼法的制定和颁行。

③ 右军：官名，即右军将军。此处指王羲之。

④ 徐公白斋：清中叶艺声显赫的名画师，一生以画花灯为生；陆公种园：郑板桥老师，从他那里学得一手高超丹青；李公约社：康熙年间诗人。

⑤ 诗余：词的别名。

⑥ 抉胆搜髓：搜求、挑取，形容非常认真。

⑦ 谒：拜见。

⑧ 毫黍：及其微小。

竭之余，谋付欹劂，不其伟哉！约社诗，一刻于南梁练民，再刻于冯夫人，为李公者身后有人，亦不为不遇矣。种园词，扬州吴雨山刻之。白斋诗，未付梓人。安得好事者裒集三贤之诗[①]，合刻一处，以大行于四方，然后取酒于海棠花下，酹前辈而告之成[②]，岂不大快！然余老矣，未知此愿得遂否也。　乾隆丙子仲夏，后学郑燮为叙。

跋王李四贤手卷

物不旧则火气逼人。古人之佳诗佳书，装潢于数十年之后，其纸皆有古色，书法诗意，更复杳然藐然也[③]。王、李四贤，为吾邑诗字文章弁冕[④]，当数十世宝贵之。

乾隆丙子，后学郑燮题。

集唐诗序

集唐诗，则必读唐诗，而且多读唐诗。自李、杜、王、孟、高、岑而外[⑤]，极幽极冷之诗，一旦炎热，使得翻阅于明窗净几之间，此亦天地间一大快事也。读唐诗，则必钻其穴[⑥]，剖其

① 裒（póu）集：汇集，辑集。

② 酹（lèi）：把酒洒在地上表示祭奠或起誓。

③ 杳然藐然：邈远、深远。

④ 弁（biàn）冕：比喻首位、第一。

⑤ 李、杜、王、孟、高、岑：即李白、杜甫、王维、孟浩然、高适、岑参。

⑥ 钻：钻研。

精[①]，抉其髓[②]，而后能集之。使我之心，即入乎唐人之心，而又使唐人之心，即为我之心。常觉千古之名流高士，俨聚一堂[③]，此又天地间一大快事也。集唐之难，不得参差错落，谬托于古，必须五七言律，字字对仗精工，而又流利通适。往往有六句七句，独欠一句，左对右对，皆不得妥，三月两月，搔首搔耳，而其句不成。及一触忽然得之，如获异宝，如释滞疾[④]，此又天地间一大快事也。有时集句已成，颇自得意，而亦少有未安。良朋好友猝至，指之曰：某句未妥。则心病一挑，不能藏匿。而又有一友从旁曰：以某句对之，何如？顿觉天衣无缝，如铸成的，如树上结的，如圣叹之有斫山相资相助[⑤]，皆得并传于世，此又天地间一大快事也。唐君欣若，自能诗，而又好集唐诗。集之久，而己诗俱废。盖以专一而得神奇者也。夫唐人之诗，旧诗也，读之千古长新，得君之集而更新，满纸皆陆离斑驳。今人之诗，新诗也，但觉满纸皆陈饭土羹。与为彼之作，正不如君之集也。问序于愚，愚何能序唐君之甘苦阅历，约略言之，非为唐君言之，为后之学诗学文者言之也。　乾隆己卯，板桥郑燮撰。

① 剖：剖析。

② 抉：选取。

③ 俨聚：庄重地聚集。

④ 滞疾：久病。

⑤ 圣叹：即金圣叹，明末清初人，著名的文学家、文学批评家。斫山：即王斫山，金圣叹的朋友。

题宋拓圣教序

此《圣教序》之未断本也[①]。非复唐拓，亦是宋、元间物。惜其拓手卤莽，伤于水墨，如“宇宙千劫，凡愚疑惑”等字皆漫漶[②]，共两页十六行，入后则无不善也。自“微言广被”以下，甚铓铩皆可观[③]。近世绛云楼藏本为最，后入泰兴季沧苇家[④]，价六百金。何义门、王箬林两先生皆有善本[⑤]，曾见之。商丘宋氏本最明晰，今归德州卢雅雨先生[⑥]，盖以二百六十金收之。此本不逮诸家[⑦]，非时代之后，而拓者之咎也。昔为枣强郑氏物，今归板桥郑氏。乾隆廿四年七月十九日，橄榄轩主人燮记。

用墨之妙，当观墨迹，其浓淡燥湿，如火如花。用笔之妙，当观石刻，其弱者强之，肥者瘦之，镌手亦大有力。新碑不如旧碑，取其退火气。然三四百年后，过于剥落，亦无取焉。　郑燮又记。

或问此贴与定武《兰亭》孰优劣，愚曰：未易言也。《兰亭》乃一时高兴所至，天机鼓舞，岂复自知！如李广、郭汾阳用兵[⑧]，

---

①《圣教序》：全名《大唐三教圣教序》，唐碑。

② 漫漶（màn huàn）：模糊不可辨别。

③ 铓铩（máng shā）：刀剑等的尖端；锋刃。

④ 季沧苇：即季振宜，字诜兮，号沧苇，清代藏书家。

⑤ 何义门：江苏长洲人，先世曾以“义门”旌，学者称义门先生。王箬林：一作王若霖，金坛人，为方苞挚友。

⑥ 卢雅雨：即卢见曾，字抱孙，号雅雨山人，山东德州人，卢道悦之子。

⑦ 不逮：达不到。

⑧ 李广：西汉名将。郭汾阳：即郭子仪，安史之乱后郭子仪被封为汾阳王，故人称汾阳王郭汾阳。

随水草便益处，军人皆各得自由，而未尝有失。至《圣教序》，字字精悍，笔笔严紧，程不识刁斗森严[①]，李临淮旌旗整肃[②]，又是一家气象。　　板桥郑燮。

金钱帖一钱易一字，是杂凑来的，岂无大小参差、真草互异之病，却如一气呵成，定出高人部署。李北海《岳麓碑》及《云麾将军神道碑》皆出于此[③]，而姿媚愈多，骨力愈少。回视此帖，所谓"撼泰山易，撼岳家军难"矣。

乾隆十七年寒食，潍县署中记。郑燮。

程邃印谱序[④]

生客会宴[⑤]，皆四方远地人也。有一人自赞曰："吾乡有某先生能诗，某先生能书法，某孝廉、某进士、某翰林皆有文集行世可观。"言之累累[⑥]，无一人应者。又有一人，与之树敌，自赞其乡人，亦复如是，亦无一人应者。其主人不得已曰："敬慕久仰"，便请举酒。四字外，不能更著一字也。此等辈如虾螺蜯蛤，不能自为，何能为人？况其所称者，是亦虾螺蜯蛤而已哉！孟子曰：一乡之善，友一乡。一国之善，友一国。天下之善，友天下。而又上论千古。夫席中谈前辈者，必吾辈读书人，岂有读书而不读《孟子》者乎？

---

① 程不识：汉代名将。

② 李临淮：唐代名将。

③ 李北海：即李邕，唐玄宗时封为北海太守，故世称李北海。

④ 程邃：字穆倩，号垢道人等。明末清初篆刻家、画家。

⑤ 生客：陌生的客人。

⑥ 累累：多，一次又一次。

何鹘突也[①]！东坡最好奖借文人，以川蜀之遥，一奖山谷，西江人；一奖与可，湖州人；一奖少游，高邮人；一奖元章，襄阳人。其他如晁无咎、滕道达、毛东堂、姜尧佐、陈无已之流[②]，皆非蜀产，而称道不置。纵横千里万里，夫岂井蛙夏虫之拘笃而已哉！燮，扬州人，穆倩，亦扬州人。称其篆刻为四海一人，得无私甚？然此非一人之私言，而天下之公论也。设东坡当日眉州更出一才如东坡，亦必称道之不去口。　　乾隆庚辰，郑燮。

楷书必从八分书来，盖今书之母也。点画形象，偏旁假借，皆有名理。本朝八分，以傅青主为第一[③]，郑谷口次之[④]，万九沙又次之[⑤]，金寿门、高西园又次之[⑥]。然此论其后先，非论其工拙也。若论高下，则傅之后为万，万之后为金，总不如穆倩先生古外之古，鼎彝剥蚀千年也。　　板桥郑燮。

周栎园先生《印人传》[⑦]，八十余人，以何雪渔、文三桥为首[⑧]，而往复流连，赞不容口者，则为垢道人，可谓知人特识矣。其《赖古堂印谱》近千颗，分为四册，然皆方硬板重，如道人之浑古流媚者，百不得一。想道人亦深自贵重，不轻为人捉刀耶？　　板桥。

---

① 鹘突：模糊、混沌。

② 晁无咎：即晁补之，北宋时期著名文学家，字无咎，号归来子。

③ 傅青主：名山，字青主，明末清初书法家、学者、医学家。

④ 郑谷口：名簠，号谷口，清代书法家。

⑤ 万九沙：名经，清代书法家。

⑥ 金寿门：即金农。高西园：即高凤翰，字西园，清代画家、书法家、篆刻家。

⑦ 周栎园：清代诗人。

⑧ 何雪渔：名震，号雪渔。明代篆刻家。文三桥：名彭，号三桥。明代篆刻家。

南坨诗钞序

游山诗，以谢灵运、王维为最[①]，而少陵次之[②]。彼其《发秦州》、《入蜀》诸作，虽时时写景，而流离感慨之致，夹杂其中，是纪行，非游山也。惟谢与王[③]，为当行本包，与郦道元《水经注》、柳子厚《石渠》、《石涧》、《铁炉步》、《袁家谒》诸记，可称古今四绝。处处挨写，尺寸万变，非躁心尽释、才学铸镕者，莫能为之。南坨老友，以家事付之阿郎，一心以诗酒山林为事。故其游山篇什，即事即景，即人即物，当境抓住，过即失之者，无不收之囊中，舂容和淡[④]，曲折搜讨，盖有古人遗意焉。余不得远追谢、郦、王、柳之辈与之游，而南坨之游摄山，入鸠江，泛西湖，又不得执杖奉几以从其后，盖甚惜之。惟痛读其诗，浮一大白可也。　　板桥郑燮。

跋西畴诗稿

其气深矣，其养邃矣[⑤]。以香山温逸之笔[⑥]，烹炼而入于王、孟[⑦]。观其柬马半槎及崇川诸作，皆布帛菽粟之文[⑧]，自然高淡，读

① 谢灵运：东晋名将谢玄之孙，著名山水诗人。王维：字摩诘，唐朝诗人。

② 少陵：指唐代诗人杜甫。

③ 惟：只有。

④ 舂（chōng）容：本指钟声回荡相应，引申为雍容畅达之意。

⑤ 邃：深远。

⑥ 香山：即白居易，字乐天，号香山居士。唐代诗人。

⑦ 王、孟：指唐代诗人王维、孟浩然。

⑧ 布帛菽粟：比喻极平常而又不可缺少的东西。

之反复想见其人。　　板桥弟郑燮拜手。

书屏风帖赠织文世兄

织文世兄，别去二十余年。余在山左，常念念；君在江南，亦常想至吾山左。虽不果厥志[①]，而两心相思，无一刻忘也。乾隆丁丑，来高邮，方图买舟过访[②]，而织文已荡桨而至，叩余寓斋[③]。邀归村落，流连数十日，以偿廿年饥渴。织文极能诗，而谬爱拙作[④]，辄能诵数十篇。不辞老丑，更录近草十数纸，为屏风帖以请教。昔太宗屏风摘古人嘉言懿行，而余自写其诗词，无知自大，真有愧古人，亦曰从主人之意耳。书毕系以诗：杭州只有金农好，宦海长从李鲜游；每到高山奇绝处，思君同倚树边楼。

板桥老人郑燮。

英雄本色印跋

羔堂四长兄有心力而爽朗不私[⑤]，能任事而节廉自爱，开口见喉，视人如己，真英雄未有不本色者。板桥郑燮与之交，一见了然，久而不变，故觅旧石，令老桐刻"英雄本色"赠之。

① 不果：没有结果。

② 过访：登门探视，访问。

③ 叩：敲。

④ 谬爱：错爱，谦辞。

⑤ 爽朗：明朗而令人爽快。

论 书

平生爱学高司寇且园先生书法[①]，而且园实出于坡公[②]，故坡公书为吾远祖也。坡书肥厚短悍，不得其秀，恐至于蠢，故又学山谷书[③]，飘飘有欹侧之势[④]，风乎？云乎？玉条瘦乎？元章多草书，神出鬼没，不知何处起，何处落，其颠放殆天授[⑤]，非人力，不能学，不敢学。东坡以谓超妙入神，岂不信然？蔡京字在苏、米之间[⑥]，后人恶京，以襄代之[⑦]，其实襄不如京也。赵孟頫[⑧]，宋宗室，元宰相，书法秀绝一时，予未尝学，而海内尊之。今四家书缺米，而补之以赵，亦何不可？　　板桥道人郑燮。

板桥润格

大幅六两，中幅四两，小幅三两，条幅对联一两，扇子斗方五钱。

凡送礼物食物，总不如白银为妙；公之所送，未必弟之所好

---

① 高司寇：即高其佩，字韦之，号且园，工指头画，凡花木、禽鸟、走兽、人物，无不精妙。

② 坡公：指苏东坡。

③ 山谷：即黄庭坚。

④ 敧侧：歪，倾斜。

⑤ 颠放：指字体的狂放。

⑥ 蔡京：字符长，北宋权相之一、书法家，以贪渎闻名。苏：指苏轼；米：指米芾。

⑦ 襄：指蔡襄，字君谟，蔡襄学识渊博，书艺高深，其书法以其浑厚端庄，淳淡婉美，自成一体。

⑧ 赵孟頫：字子昂，号松雪，松雪道人，元代著名画家，楷书四大家（欧阳询、颜真卿、柳公权、赵孟頫）之一。

也。送现银，则中心喜乐，书画皆佳。礼物既属纠缠[①]，赊欠尤为赖账。年老神倦，亦不能陪诸君子作无益语言也。

画竹多于买竹钱，纸高六尺价三千。任渠话旧论交接[②]，只当秋风过耳边。　　乾隆己卯，拙公和尚属书谢客。板桥郑燮。

梅庄记

广陵城东二里许，有梅庄，敬斋先生之业也。先生性嗜梅[③]，其家所植亦夥矣[④]。又构别墅于郊外，老梅数十亩矣，曰“梅庄”，盖其嗜也。梅之古者百余年，其次七八十年，其次二三十年，虬枝铁杆，蠖屈龙盘[⑤]。先生与梅最亲切，仆者立之，卧者扶之，缺者补之，茸者削之；根之拔者，筑土以培之，枝之远者，梁木以荷之。梅亦发奋自喜，峥嵘硕茂，以慰主人之意。又尝伐他树枝以相撑柱。其柯得气而活[⑥]，交枝接叶，与梅相抱，若连理焉[⑦]，岂非气至而神。或与客偕来，以广其趣。歌诗赠答，篇章重叠，酒盏纷纭。至于霜凄月冷，冰魂雪魄，淡烟浮绕与内外，主人徘徊其下，漏□频催，不忍就卧，盖念梅之寒，与同寒也。逮夫朝日

① 纠缠：烦扰。

② 任：任凭。

③ 嗜：喜爱。

④ 夥（huǒ）：群聚。

⑤ 蠖屈（huò qū）：形容像尺蠖一样的屈曲之形。

⑥ 柯：草木的枝茎。

⑦ 连理：不同根的草木、枝干连生在一起。

将出[1]，红霞丽天，与梅相映影射，若含笑，若微醉。梅亦呼主人，与之割暄分暖，不独享也。主人与梅，是一是二，谁能辨之？更有风号雨溢，电激雷奔，主人披衣而起，挑灯达旦，周遭巡视，视梅之安而后即安。此岂有所勉张矫饰哉[2]！其性之所嗜，有不知其然而然者也。其他苍松古柏、修竹万竿，为梅之挚交。檀梅放腊，为梅之先驰；辛夷涨天，绣球扑地，为梅之后劲。桃李丁杏，江篱木芍，山榴桂菊，不可胜记，皆梅之附庸小国也。一亭一池，一楼一阁，一台一榭，一廊一柱，一栏一槛，一花一木，皆主人经营部署，出人意表之旨趣焉。

对　联

四言联

山随画活，

云为诗留。

云驶月晕，

舟行岸移。

——题宫灯

打松算盘，

① 逮：等到。

② 矫饰：造作夸饰。

得大自在。

——赠商人

五言联

诗酒图书画，

银钱屁股□。

——题书室

竹疏烟补密，

梅瘦雪添肥。

天际识归舟，

云中辨江树。

风篁类长笛，

流水当鸣琴。

江秋逼山翠，

日瘦抱松寒。

束云归砚匣，

裁梦入花心。

洗砚鱼吞墨，

烹茶鹤避烟。

六言联

东邻文峰古塔，

西近才子花洲。

——题兴化东城外住宅

花落家僮未扫，

鸟啼山客犹眠。

七言联

白菜青盐粯子饭[1]，

瓦壶天水菊花茶。

山光扑面因朝雨，

江水回头为晚潮。

——题真州江上茶肆

秋从夏雨声中入，

① 粯子饭：是将碾后去皮成片状的麦子拌以米，或煮饭，或熬粥，为早先农家三餐之物。

春在寒梅蕊上寻。

删繁就简三秋树，
领异标新二月花。

切齿漫嫌前半本，
平情只在局终头。
——题潍县城隍庙戏楼

民于顺处皆成子，
官到闲时更读书。

汲来江水烹新茗，
买尽青山当画屏。
——题焦山自然庵

花开花落僧贫富，
云去云来客往还。
——赠焦山长老

飘风作态来梳柳，
细雨瞒人去润花。

慧里聪明长奋跃，
静中滋味自甜腴[①]。

作画题诗双搅扰，
弃官耕地两便宜。

风吹柳絮为狂客，
雪逼梅花做冷人。

一庭春雨瓢儿菜，
满架秋风扁豆花。

秋江欲画毫先冷，
梅水才烹腹便清。

搔痒不着赞何益，
入木三分骂亦精。

富于笔墨穷于命，
老在须眉壮在心。

---

① 甜腴：甜美、丰满。

二三星斗胸前落，

十万峰峦脚底青。

多读古书开眼界，

少管闲事养精神。

八言联

鹤矫云中，霞飞靝半[1]；

竹明水际，松挺岩阿。

九言联

霜熟稻粱肥，几村农唱；

灯红楼阁迥[2]，一片书声。

十言以上联

楚尾吴头，一片青山入座；

淮南江北，半潭秋水烹茶。

——题焦山海若庵

百尺高梧，撑得起一轮月色；

数椽矮屋，锁不住五夜书声。

① 靝（tiān）：同“天”。

② 迥：远。

咬定几句有用书，可忘饮食；

养成数竿新生竹，直似儿孙。

北迎拱极，西接延青，共分得一池烟水；

春步柳堤，秋行蔬圃[①]，最难消六月荷风。

——题兴化柳园

六十自寿联

常如作客，何问康宁，但使囊有余钱，瓮有余酿，釜有余粮，取数叶赏心旧纸，放浪吟哦[②]，兴要阔，皮要顽，五官灵动胜千官，过到六十犹少；

定欲成仙，空生烦恼，只令耳无俗声，眼无俗物，胸无俗事，将几枝随意新花，纵横穿插，睡得迟，起得早，一日清闲似两日，算来百岁已多。

横　额

难得糊涂

聪明难，糊涂难，由聪明而转入糊涂更难。放一着，退一步，当下心安，非图后来福报也。

① 蔬圃：种植菜蔬、花草、瓜果的园子。

② 放浪：放纵不受拘束。

吃亏是福

满者，损之机[①]；亏者，盈之渐[②]。损于己则益于彼，外得人情之平，内得我心之安，既平且安，福即在是矣。

养　怡

古人云：养怡之福，可得永年[③]。陶写性情[④]，且安且适。

① 机：变化。

② 渐：慢慢地变化。

③ 养怡之福，可得永年：语出曹操《龟虽寿》。

④ 陶：陶冶。